ACQUARELLI

Edgar Allan Poe

I DELITTI DELLA RUE MORGUE

IL MISTERO DI MARIE ROGÊT

GIUNTI DEMETRA

Titolo originale:
The Murders in the Rue Morgue;
The Mistery of Marie Rogêt

Traduzione e presentazione di Francesco Franconeri

www.giunti.it

Via Bolognese 165 - 50139 Firenze - Italia
Via Dante 4 - 20121 Milano - Italia
Prima edizione: giugno 1996
Nuova edizione: aprile 2007

Ristampa	Anno
7 6 5 4 3	2013 2012 2011 2010

Stampato presso Giunti Industrie Grafiche S.p.A. – Stabilimento di Prato

Introduzione

Eccoci, la sera, con in mano un giallo mozzafiato e all'improvviso la nostra camera si popola di ombre che non sono le solite ombre, di scricchiolii niente affatto consueti: e noi lì, tesi, impauriti... ma quanto estasiati! Per non dire delle volte che uscendo dal cinematografo dopo qualche raccapricciante spettacolo abbiamo pronunciato o sentito commenti tipo: "Una paura da star male, guarda! Non mi sono mai divertito tanto."

Masochismo? Esorcizzazione di altre più riposte paure? Esteriorizzazione delle nostre nevrosi? Fatto sta che a quasi tutti noi piace moltissimo leggere di cose paurose, pagine piene di tensione, gialli che ci eccitano. È stato sempre così, e del resto è noto come il racconto capace di suscitare emozioni di raccapriccio e paura sia una delle più persistenti espressioni della cultura dell'uomo: una risposta, evidentemente, a certe sue onnipresenti esigenze psicologiche.

Lo scrittore che doveva elevare la narrativa del terrore e della tensione a forma d'arte fu un americano che ne divenne il riconosciuto maestro: Edgar Allan Poe. Giornalista, traduttore, poeta, critico di eccezionale talento, Poe diede estro e ufficialità alla più americana delle forme letterarie, la *short story* o narrativa breve, e lo fece quasi esclusivamente nell'ambito della narrativa della tensione.

Racconti quali *Ligeia*, *I delitti della Rue Morgue*, *Non scommettete la testa col diavolo*, *Il gatto nero*, *Il cuore rivelatore*, *La verità sul caso di M. Valdemar*, e decine di altri, fornirono idee e materiale a generazioni di scrittori.

I delitti della Rue Morgue: a lezione di giallo

Per esempio, è facile dire, oggi, che I delitti della Rue Morgue è un gran bel giallo, che funziona come un congegno ben oleato, che contiene, mirabilmente dosati, gli ingredienti della perfetta "detective story", che è scritto nello stile inconfondibile – teso, ricco di coinvolgenti atmosfere e di macabri umori – del grande Edgar Allan Poe. Facile, perché dalle vicende di Sherlock Holmes alle indagini del commissario Maigret siamo ormai abituati a leggere dei polizieschi che sono anche dei gran bei libri...

Facile dirlo, oggi. Ma quando Poe scrisse questa sua vicenda non c'erano precedenti. Con *I delitti della Rue Morgue* è stato proprio lui a inventare la "detective story": il signor Dupin, con le sue capacità analitiche, col suo modo di "leggere" indizi apparentemente trascurabili, è il vero predecessore di tutti gli investigatori che abbiamo imparato a conoscere e ad amare. È lui, Poe, che con questo romanzo ha aperto una strada e ha insegnato come si scrive un giallo.

Il grande Sir Arthur Conan Doyle ammetteva di essersi inizialmente ispirato, nel creare il personaggio di Sherlock Holmes, proprio al Monsieur Dupin di Poe. Le analogie ci sono: sia Dupin sia Holmes sono personaggi un po' strambi, che amano vivere in disparte, quasi per leggere la società da una certa distanza. Sembrano poco portati a mescolarsi con gli altri. Posseggono entrambi spiccatissime "doti analitiche", che esprimono suscitando sempre stupore. Infatti, un loro passatempo prediletto è quello di usare gli amici per "spiegare" i labirintici percorsi del pensiero lungo i quali riescono a risolvere a suon di logica fatti apparentemente impenetrabili.

Proprio nel "metodo" sta l'invenzione di Poe ripresa poi dai suoi successori: i misteri vengono svelati mediante l'applicazione dell'osservazione acuta e del più limpido ragionamento. A trionfare è la logica. E gli altri paiono dei poveri sciocchi per non saperla applicare con la rigorosità che invece contraddistingue Dupin, Holmes e soci.

Conan Doyle – ma quanti altri scrittori – apprende da Poe un meccanismo che diventa classico nella narrativa poliziesca. Si inizia col presentare un episodio criminale. Lo si ritrae in modo che appaia a tutti insolubile, poi si introduce il personaggio (Dupin nel caso di Poe) il quale guarda, vede, indaga e non dice niente. Si lasciano intervenire un paio di episodi di alleggerimento narrativo e quindi ecco la scena madre. Dupin – oppure Holmes, oppure qualche altro grande detective della narrativa gialla – comincia a discorrere con il suo amico e coinquilino, e punto per punto smonta il meccanismo del mistero, naturalmente sempre grazie a osservazioni acute che gli altri non hanno saputo fare, e neppure il lettore giacché i particolari l'autore li ha tenuti accuratamente nascosti. Qui sta il trucco – il trucco narrativo, ovviamente.

Noi, però, questo trucco lo amiamo, e apprezziamo l'autore quanto più riesce a mascherarlo, a farci suoi complici. In questa complicità sta il diletto della lettura dei gialli, dei romanzi della tensione e della paura. In ciò, Poe è stato un maestro vero, perché i suoi trucchi li ha mascherati con l'alto livello della sua scrittura, con la magia delle sue atmosfere, da grande poeta e artista quale era.

Dupin, ovvero quando E.A. Poe fa il detective

Nel Mistero di Marie Rogêt ritroviamo Monsieur Dupin sfoggiare il suo acume, il suo compassato distacco, l'eleganza del ragionamento, nella risoluzione di un nuovo giallo, assistito dall'inseparabile amico americano.

Questa volta Dupin è alle prese con l'omicidio di una fanciulla bellissima, una vicenda calata nelle magiche, spesso torbide atmosfere di Parigi. Ma c'è un particolare che va evidenziato. Poe, nello scrivere la storia di Marie Rogêt, s'ispirò a un omicidio vero, perpetrato però a New York – un episodio a cui fa riferimento nelle note introduttive, spiegando che i risultati a cui giunge nel racconto, scritto quando ancora il caso vero non era stato risolto, anticipano i risultati a cui poi giunsero le indagini.

In altre parole, il vero detective, qui, è lo stesso Edgar Allan Poe, il quale tira le sue conclusioni unicamente o quasi sulla scorta delle cronache che i giornali dedicarono al delitto. Come fa, appunto, il nostro Dupin.

Difatti, questo giallo ha un andamento abbastanza anomalo. L'investigatore lo risolve senza praticamente alzarsi dalla sua poltrona – si avvale dei giornali, di qualche ricerca affidata all'amico. Un "taglio" narrativo che verrà poi ripreso da altri autori e che in parte caratterizza per esempio i gialli di Rex Stout. Perché Poe sceglie questo metodo narrativo?

In effetti, egli fa fare a Dupin ciò che lui stesso ha fatto a proposito della giovane uccisa a New York. Raccoglie gli articoli dedicati alla vicenda, mette insieme notizie e testimonianze e poi esamina tutto attraverso la lente d'ingrandimento del suo ragionare. Pone in evidenza lacune, illogicità. Cerca indizi trascurati, li ricollega l'uno all'altro, conduce a logiche conclusioni il tutto. Insomma, intuisce chi è l'assassino.

Poe scrisse questo giallo ispirato a un fatto vero prima ancora che il vero omicida fosse stato scoperto – quando insomma l'indagine era ancora in corso. I risultati gli diedero ragione. L'omicida vero era proprio quello che lui, nella finzione narrativa, segnalava.

Non un lavoro di fantasia, dunque, questo secondo giallo che presenta Dupin come protagonista, bensì la cronaca di una indagine condotta a tavolino (o in poltrona) da Poe stesso.

Un documento, dunque, interessante, che ci aiuta a cogliere la variegata personalità dell'autore americano, e il brio giornalistico con cui si immergeva nelle realtà che lo circondavano, quelle stesse realtà da cui poi trasse gli spunti per i suoi misteri, per i suoi paurosi racconti – riflessi di ataviche, innate paure che la società umana da sempre si porta dietro, ma anche indizi di una quotidianità più crudele, a volte, degli orrori fantasticati.

Infatti, la storia della giovane, bella commessa di profumeria che sull'onda di un amore proibito finisce vittima di stupri, e viene poi uccisa, echeggia quella di tante ragazze un po' sognatrici e un po' ribelli, che nell'evasione dalla famiglia, dalle certezze apparentemente stantie della vita di ogni giorno, cercano libertà ed emozioni, per poi incontrare le crudeltà di un mondo in agguato.

Edgar Allan Poe: la vita e le opere

1809

Edgar Allan Poe nasce il 19 gennaio a Boston. Suo padre, David Poe, e sua madre, Elizabeth Arnold, sono attori itineranti e muoiono entrambi di tubercolosi quando Edgar è ancora in tenerissima età.
Il bimbo viene affidato a John Allan, un commerciante scozzese di Richmond, che lo alleverà come un figlio pur non adottandolo mai legalmente. Poe rimase sempre molto legato a Frances Keeling Valentine, la moglie di John Allan.

1815

Gli Allan si trasferiscono in Inghilterra, dove Poe inizia gli studi.

1820

La famiglia Allan rientra negli Stati Uniti e Poe prosegue gli studi in una scuola privata di Richmond. Si fa notare per il talento precoce e certi tratti originali del carattere.

1826
In gennaio si iscrive alla facoltà di lingue antiche e moderne alla Virginia University di Charlottesville. Poi, in dicembre, nonostante gli eccellenti risultati nello studio, viene allontanato in quanto beve troppo e colleziona debiti di gioco.

1827
Si accendono forti contrasti con John Allan. Poe si trasferisce a Boston. Pubblica a proprie spese, anonimo, il primo libro di poesie, *Tamerlane and Other Poems*, che non ottiene riscontri presso critica e pubblico. Poe si arruola in artiglieria come soldato semplice, col nome di Edgar A. Perry.

1829
Interrompe il servizio militare per accorrere a Richmond, dove è deceduta la signora Allan. Il lutto sembra riavvicinarlo anche a John Allan, che infatti lo aiuta a lasciare definitivamente il servizio militare. Poe comunque si stabilisce a Baltimora, presso Maria Clemm, sua zia paterna, che lo manterrà fino alla morte. Sul finire dell'anno esce una seconda raccolta di poesie, *Al Aaraaf, Tamerlane and Minor Poems*.

1830-31
Attratto nuovamente dalla vita militare, il 1° luglio Poe entra all'Accademia di West Point. Ne viene espulso l'anno dopo perché dimostra di non sopportarne la rigida disciplina. Si trasferisce a New York, dove pubblica – grazie al contributo economico dei suoi ex compagni di West Point – una terza raccolta di versi, *Poems*. Tornato a Baltimora pubblica anonimamente i primi cinque racconti.

1835
Il racconto *Ms. Found in a Bottle* (Manoscritto nella bottiglia) vince un premio letterario di cento dollari. Poe

viene assunto nella redazione del "Southern Literary Messenger" di Richmond. I suoi interventi giornalistici fanno aumentare incredibilmente le tirature e quello stesso anno viene nominato vicedirettore. Il 22 settembre sposa la cugina Virginia Clemm, non ancora quattordicenne. Il matrimonio verrà ripetuto l'anno seguente.

1838-39

Pubblica a New York, ma senza successo, *The Narrative of Arthur Gordon Pym of Nantucket* (La storia di Arthur Gordon Pym). Esce a Filadelfia *Tales of Grotesque and Arabesque* (Racconti del grottesco e dell'arabesco), una prima raccolta di storie già apparse su quotidiani e periodici.
Lavora presso il periodico "Gentleman's Magazine" dove pubblica anche alcune delle sue storie migliori. Acquista fama di critico letterario rigoroso e severo. Il periodico, che intanto ha cambiato nome divenendo il "Graham's Magazine", aumenta moltissimo le tirature grazie al lavoro di Poe, i cui rapporti con l'editore però si deteriorano. Lo scrittore cerca fondi per creare una sua propria rivista, che verrà pubblicata per diversi anni come "The Penn Magazine" e poi come "The Stylus". La giovanissima moglie di Poe si ammala gravemente e lo scrittore non può garantirle le cure necessarie: precipita nell'alcolismo e nell'uso del laudano.

1844-46

Torna a New York, dove si stabilisce. Ottiene infine la grande notorietà grazie al lungo poema *The Raven* (Il corvo). Pubblica anche una seconda raccolta di racconti, Tales. Ma Poe ricade ben presto nei debiti e nell'alcolismo.

1847-48

Il 30 gennaio sua moglie muore di tisi. Poe si ammala per il dolore, ma riesce a scrivere il poema in prosa *Eureka*, e a curare l'edizione completa delle sue poesie. Si fidanza con Sarah Helen Whitman, che non sposerà. Del resto, sono numerosissimi i suoi legami con donne presso le quali ricerca amore materno. Viaggia moltissimo, tenendo conferenze polemiche e letture di versi.

1849

Il 3 ottobre viene rinvenuto in stato comatoso a Baltimora, in una locanda. Lo ricoverano d'urgenza. Il 7 ottobre muore di delirium tremens. Ha appena quarant'anni.

I DELITTI DELLA RUE MORGUE

Quale canzone cantassero le sirene,
o quale nome si desse Achille
nascondendosi tra le donne,
sono problemi che, per quanto sconcertanti,
non vanno oltre ogni possibile congettura

Sir Thomas Browne, *Hydriotaphia*

Le facoltà mentali che definiamo analitiche non sono di per sé facilmente analizzabili. Possiamo solo apprezzarle dai risultati. Sappiamo inoltre che possedere in modo straordinario queste facoltà significa disporre di una delle più vive fonti di piacere. Così come l'uomo dotato di robustezza si compiace di impegnare i propri muscoli, chi sa esprimersi analiticamente si sublima nell'attività mentale tesa a *risolvere.* E trae piacere anche dalle occasioni più banali, se gli danno la possibilità di esercitare i propri talenti. Si diletta con enigmi, rebus e geroglifici, e risolvendoli esibisce un acume che ai comuni mortali pare miracoloso. I risultati che ottiene, e che scaturiscono dallo spirito e dall'essenza del metodo, in realtà palesano tutte le caratteristiche dell'intuizione. Comunque sia, la capacità di *risolvere* probabilmente trae molta forza dallo studio della matematica e in particolare dalla sua espressione più alta, quella che assai impropriamente, e soltanto a motivo delle sue operazioni a ritroso, viene definita 'analisi', quasi lo fosse *par excellence.* Ma far di calcolo non vuol dire necessariamente analizzare. Un giocatore di scacchi, per esempio, calcola ma non per questo ricorre all'analisi. Difatti, il gioco degli scacchi, per quanto concerne l'impiego delle facoltà mentali, è dai più assai sopravvalutato. Sia chiaro, non ho l'intenzione di scrivere, qui, un saggio sulla scienza dell'analisi – voglio solo porgere alcune annotazioni a caso come premessa al racconto di una vicenda alquanto singolare.

E dunque approfitto dell'opportunità per affermare che la capacità di riflessione, quando c'è, si esprime più nell'assai modesto gioco della dama che non nelle complesse vacuità degli scacchi. In quest'ultimo gioco i pezzi sono dotati dei movimenti più bizzarri, diversi, che obbediscono a molteplici variabili, e la complessità viene scambiata per profondità. È un errore piuttosto comune.

Negli scacchi assume un ruolo determinante l'attenzione. Se la si allenta anche solo per un istante, ecco la svista – e conseguentemente il danno o la sconfitta. Le mosse possibili sono multiformi e anche complesse, e quindi anche le possibilità di errore si moltiplicano. In nove casi su dieci chi vince è il giocatore più attento, non il più abile. Al contrario, nel gioco della dama le mosse sono sempre quelle, con poche varianti; e pertanto si riducono le possibilità di danni dovuti a distrazioni. L'attenzione non dev'essere costante, così ognuno dei contendenti può progredire nella partita grazie al proprio acume. Facciamo un esempio concreto: immaginiamo una partita a dama con quattro pedine soltanto, senza cioè che siano molto probabili le sviste. I giocatori si trovano in una situazione di parità perfetta e dunque la vittoria potrà essere assegnata solo da una mossa *recherchée*, abilissima, quale può scaturire unicamente da un'intensa applicazione dell'intelletto. Ecco dunque che il giocatore dotato di facoltà analitiche penetra nello spirito dell'avversario, si identifica con esso e individua con un colpo d'occhio la via talora incredibilmente semplice per attirarlo nell'errore o per fargli eseguire un calcolo errato.

Il *whist* viene citato sovente come un gioco che saggia le capacità di calcolo. Non poche persone di superiore intelligenza traggono da esso un piacere che può apparire inspiegabile, e respingono invece gli scacchi come un gioco frivolo. Difatti, non ci sono giochi che più del *whist* sanno sollecitare la capacità analitica. Il migliore giocatore di scacchi della cristianità non sarà che il miglior giocatore di scacchi, ma chi è abile nel *whist* può riuscire nelle più importanti imprese in cui mente umana si contrapponga a mente umana.

Intendo, con il termine "abilità", l'esercizio di una perfezione di gioco basata sul dominio di tutti gli aspetti dai quali sia possibile trarre legittimi vantaggi. Questi aspetti sono non soltanto molteplici ma anche multiformi, e si celano spesso in recessi del pensiero inaccessibili alle normali intelligenze. Osservare con attenzione vuol dire ricordare con precisione; sotto questo aspetto lo scacchista capace di grande concentrazione sarà un buon giocatore di *whist* – d'altronde, le norme stabilite da Hoyle, che si riferiscono al meccanismo del gioco puro e semplice, non sono difficili da assimilare. Disporre di buona memoria e giocare secondo le norme sono aspetti che concorrono, secondo la comune opinione, a determinare l'ottimo giocatore. Ma il talento analitico si palesa là dove le mere regole del gioco non c'entrano più. Chi possiede spiccate facoltà analitiche raccoglie nel silenzio una grande massa di osservazioni e di deduzioni. Può essere che i suoi compagni di gioco facciano lo stesso, ma la differenza sta non tanto nella validità della deduzione, quanto nella qualità dell'osservazione. Importante è sapere 'cosa' occorre osservare. Il nostro giocatore non si limita al gioco – e sebbene proprio il gioco sia l'oggetto della sua attenzione, lui non tralascia le deduzioni che nascono da ciò che al gioco appare estraneo. Eccolo allora scrutare la fisionomia del suo compagno e confrontarla con quella degli avversari. Osserva come, a ogni mano, gli altri dispongono le proprie carte e annota assi e figure grazie agli sguardi di quelli che ne entrano in possesso. Coglie ogni mutamento sui volti a mano a mano che il gioco procede, e trae spunti di riflessione dalle espressioni che cambiano – sicurezza, sorpresa, trionfo o disappunto. Da come un avversario raccoglie un'alzata considera se sia in grado di farne un'altra dello stesso colore o seme. Riconosce la giocata ingannevole dal modo con cui la carta viene gettata sul tavolo. Una parola sbadata o casuale, una carta caduta o scoperta accidentalmente, il nervosismo o la noncuranza con cui viene poi nascosta; il conto delle alzate e l'ordine con cui si susseguono; l'imbarazzo, la trepidazione, la prontezza, l'esitazione – tutto contribuisce a far sì che la sua percezione, apparentemente intuitiva, tragga indicazioni sull'effettiva situazione del gioco. Dopo le prime due o tre mani conosce esattamente di quali carte ogni giocatore dispone ed è quindi in grado di mettere giù le sue secondo un piano così preciso che pare quasi che gli altri giochino a carte scoperte.

La capacità di analisi non va confusa con la mera ingegnosità; difatti, se l'analista è necessariamente ingegnoso, non di rado l'uomo ingegnoso è sovente incapace di analisi. La facoltà di individuare collegamenti, di combinare fattori diversi, grazie alla quale si manifesta di solito l'ingegnosità e alla quale i frenologi assegnano, secondo me sbagliando, un organo a parte, considerandola facoltà innata, è stata individuata così spesso in persone per altri versi quasi idiote, da attirare l'attenzione di tutti gli studiosi di scienze morali.

Tra l'ingegnosità e l'attitudine analitica esiste in realtà una differenza ancor più spiccata – anche se di tipo analogo – di quella che intercorre tra fantasia e immaginazione. Si noterà infatti che l'uomo ingegnoso è sempre ricco di fantasia, mentre l'uomo davvero dotato di immaginazione non è altro che analitico.

Il racconto che segue sarà per il lettore una sorta di commento alle considerazioni che ho appena enunciate.

I

Soggiornai a Parigi la primavera e parte dell'estate del 18.., e vi conobbi Monsieur C. Auguste Dupin. Era un giovane gentiluomo di ottima famiglia – anzi, di famiglia illustre, ma una serie di malaugurate vicende lo aveva ridotto a un tale stato di indigenza da fiaccargli la forza di carattere, portandolo a rinunciare a ogni ambizione sociale e a ogni tentativo di riassestare le finanze di famiglia. La buona volontà dei suoi creditori gli aveva consentito di restare in possesso di una piccola parte del suo patrimonio e ne traeva una minuscola rendita che, grazie a rigorose economie, gli permetteva di disporre del necessario senza preoccuparsi del superfluo. Il suo lusso erano i libri, e a Parigi non è difficile procurarsene.

Il nostro primo incontro fu in un'oscura libreria di Rue Montmartre, dove ci ritrovammo a cercare il medesimo volume, assai curioso e raro. Ciò ci sospinse verso una stretta amicizia. Cominciammo infatti a frequentarci assiduamente. Provai molto interesse per la storia della sua famiglia, che volle raccontarmi fin nei particolari, con quella schiettezza tipica dei francesi quando parlano di sé. Mi meravigliò la vastità delle sue letture e soprattutto mi conquistò l'insolito fervore e la vivida freschezza della sua immaginazione. Considerata la natura delle mie ricerche a Parigi, convenni con me stesso che la compagnia di un uomo simile sarebbe stata per me un inestimabile tesoro, e glielo confidai francamente. Combinammo dunque di abitare insieme per la durata del mio soggiorno nella capitale e siccome la mia situazione finanziaria era meno compromessa della sua, potei prendere in affitto e arredare, in uno stile che riflettesse la malinconia alquanto fantastica comune ai nostri due caratteri, una casa stravagante, consumata dal tempo, abbandonata da lunghi anni a motivo di certe superstizioni intorno alle quali preferimmo non indagare – era una casa che si ergeva in un lembo solitario e squallido del Fauburg St.-Germain.

Se la gente avesse saputo come si dipanava la nostra vita in quella casa, ci avrebbe certamente considerati dei folli, anche se, forse, non pericolosi. Il nostro isolamento era totale. Non ricevevamo mai visite. Anzi, avevo tenuto accuratamente segreto il luogo del nostro ritiro anche ai miei vecchi amici; quanto a Dupin, da parecchi anni aveva smesso di coltivare e frequentare amicizie. Insomma, vivevamo in quella nostra piccola nicchia e basta.

Una delle stranezze del mio amico – come definirla altrimenti? – consisteva nell'amare la notte per se stessa; cedetti senza sforzo a questa sua stravaganza, come del resto a tutte le altre, assecondando i suoi capricci con totale *abandon*. La buia divinità – la notte – non era sempre con noi, però potevamo simularne la presenza. Appena cominciava ad albeggiare chiudevamo le massicce imposte dell'antica casa, poi accendevamo due candele intensamente aromatiche che spandevano intorno una luminosità fioca e spettrale. Indotti da quel debole chiarore, consegnavamo le nostre anime ai sogni: leggendo, scrivendo oppure conversando, sinché il grande orologio non ci annunciava l'avvento dell'Oscurità vera. Allora uscivamo sottobraccio a passeggiare lungo le strade, proseguendo con i ragionamenti del giorno oppure limitandoci a girovagare senza meta fino alle ore piccole, cercando, tra le luminosità e le tenebre della città gremita, l'intensa eccitazione della mente che l'osservazione silenziosa sa suscitare.

Erano occasioni in cui non potevo astenermi dal cogliere e ammirare in Dupin una molto particolare capacità di analisi (non poi sorprendente, data l'intensa sua idealità). Il mio amico sembrava trarre grande diletto dall'esercizio – se non proprio dall'ostentazione – delle sue peculiari facoltà, e del resto non aveva difficoltà ad ammetterlo. Ridacchiando mi spiegava come secondo lui gli uomini avessero quasi tutti una finestra spalancata sul proprio cuore, e illustrava queste affermazioni con prove stupefacenti e immediate di quanto bene conoscesse il *mio,* di cuore. Erano momenti in cui il suo comportamento si faceva gelido e distaccato e gli occhi perdevano ogni espressione; la voce, di solito calda e tenorile, diveniva acuta e avrebbe potuto sembrare petulante, non fosse stato per l'acutezza e il vigore dei suoi discorsi. Quand'era di questo umore mi ritrovavo a riflettere sull'antica dottrina dell'anima bipartita, e mi divertivo a fantasticare di un doppio Dupin, ovvero quello creativo e quello dotato di facoltà analitiche.

Non si pensi, per tutto ciò che ho detto, che io stia svelando un mistero o scrivendo un racconto di fantasia. Ciò che ho descritto di questo giovane francese era probabilmente solo il risultato di un'intelligenza troppo stimolata o fors'anche malata. Ma un esempio potrà dare un'idea più precisa della natura delle sue osservazioni all'epoca di cui sto dicendo.

Stavamo passeggiando, una sera, per una lunga e sudicia via nei pressi del Palais Royal. Camminavamo immersi nei nostri pensieri e da almeno un quarto d'ora non avevamo pronunciato una sola parola. All'improvviso Dupin ruppe il silenzio dicendo:

"Senza dubbio, è troppo piccolo. Sì, sarebbe più adatto al Théâtre des Variétés."

"Appunto", risposi d'istinto, senza rendermi conto, tanto ero assorto, del modo con cui il mio amico si era inserito nel filo dei miei pensieri. Fu questione di un istante, e tornando in me provai uno stupore profondo.

"Dupin", dissi con molta serietà, "questo va oltre ogni mia capacità di capire. Confesso che sono sbalordito. Come avete fatto a capire che stavo pensando a...?" Non completai la frase volendo assicurarmi che avesse davvero colto il mio pensiero.

"Che pensavate a Chantilly?" fece lui. "Ma perché vi siete interrotto? Stavate appunto dicendo a voi stesso che la sua bassa statura lo rende inadatto alle tragedie."

Era stato effettivamente questo il tema delle mie riflessioni. Chantilly era un ex calzolaio di Rue Saint-Denis, il quale, colto da una passione per il palcoscenico, si era cimentato nel *rôle* di Serse nella tragedia scritta da Crébillon, raccogliendo fischi e feroci stroncature.

"Per l'amore del cielo", esclamai, "spiegatemi il metodo, se mai esiste, grazie al quale siete riuscito a sondare la mia anima su questo argomento."

"È stato l'ortolano", disse il mio amico, "a convincervi che il ciabattino non ha sufficiente statura fisica per Serse *et id genus omne.*"

"L'ortolano? Non capisco. Non conosco nessun ortolano."

"L'uomo che vi ha urtato un quarto d'ora fa, mentre svoltavamo in questa via."

Ricordai che in effetti un ortolano, che reggeva sul capo una cesta di mele, mi aveva quasi fatto cadere mentre stavamo imboccando, dalla Rue C., la via lungo la quale ora camminavamo. Non capivo, però, che rapporto ciò avesse con Chantilly.

Non c'era traccia di *charlatanerie* in Dupin. "Vi spiegherò", disse, "e per farlo con chiarezza ripercorreremo a ritroso tutto il filo dei vostri pensieri, cominciando dal momento in cui vi ho poc'anzi rivolto la parola fino al *recontre*, appunto, con l'ortolano. Gli anelli principali della catena si susseguono così: Chantilly, Orione, dottor Nichols, Epicuro, steretomia, *pavé*, ortolano."

Sono poche le persone che non si sono divertite, in qualche momento della loro vita, a ripercorrere le fasi del loro pensiero risultate in certe conclusioni. È un'occupazione di notevole interesse, spesso, e chi vi si cimenta per la prima volta si stupisce del divario, della distanza apparentemente incolmabile tra punto di partenza e punto di arrivo. Non è quindi difficile capire lo stupore con cui accolsi le parole del francese, giacché dovetti riconoscere che aveva colto in pieno le mie riflessioni.

Lui proseguì col suo ragionamento: "Se ricordo

bene, appena prima di imboccare Rue... stavamo parlando di cavalli. Svoltammo, ed ecco arrivare precipitosamente un ortolano con una cesta di mele sulla testa. Vi urta, e voi finite sopra un mucchio di ciottoli in un punto in cui ci sono in corso dei lavori. Siete inciampato, scivolato, storcendovi leggermente la caviglia. Avete assunto subito un'aria irritata, infastidita; avete borbottato qualcosa e voltandovi avete fissato il mucchio di ciottoli, quindi avete ripreso a camminare in silenzio. Non è che stessi particolarmente attento al vostro comportamento, ma da tempo ormai l'osservazione è divenuta per me una sorta di necessità.

"Avete ripreso a camminare tenendo sempre lo sguardo rivolto a terra... osservavate con irritazione buche e solchi sul marciapiede (mi accorsi così che continuavate a pensare ai sassi) sinché non raggiungemmo il *passage* Lamartine, che hanno sperimentalmente pavimentato con lastroni di pietra accostati e saldamente fissati l'uno all'altro. Qui l'espressione del vostro viso si è fatta più distesa e ho visto le vostre labbra muoversi, formando chiaramente la parola 'stereotomia', termine che con una certa presunzione viene applicato a quel genere di lastricato. Sapevo che non potevate pronunciarlo senza pensare, di conseguenza, agli atomi e perciò a Epicuro, e siccome vi avevo proprio di recente fatto notare come le vaghe ipotesi dell'eccelso greco avessero trovato conferma nella più recente cosmogenia delle nebulose, mi sembrò probabile che sollevaste gli occhi verso la grande nebulosa di Orione. Attesi, sicuro che l'avreste fatto. Difatti, alzaste lo sguardo al cielo e questo mi rese certo di aver seguito, passo passo, il corso dei vostri pensieri. Orbene, l'autore della crudele *tirade* contro Chantilly, pubblicata ieri sul *Musée*, aveva fatto accenni maligni al fatto che il calzolaio avesse cambiato nome all'atto di calzare il coturno, e aveva citato un verso latino di cui abbiamo discusso spesso. Mi riferisco al verso

"Perdidit antiquum litera prima sonum

"Ovvero, *Ha perduto la prima lettera il suono più antico*. Io sostenevo che il verso si riferisse a Orione, che un tempo si scriveva Urione, e, date certe asprezze nella nostra conversazione, ero certo che non l'avevate dimenticata. Ero dunque sicuro che avreste associato le due idee, di Orione e di Chantilly, il che mi fu confermato dal sorriso che affiorò sulle vostre labbra. Pensavate infatti alla tortura subita dal povero calzolaio. Fino a quel momento avevate camminato curvo, ma di colpo vidi che vi raddrizzavate in tutta la vostra altezza. Dunque, stavate riflettendo sulla scarsa statura di Chantilly. A questo punto interruppi i vostri pensieri osservando che effettivamente quell'uomo è troppo piccolo, e che quindi sarebbe più idoneo per le recite del Théâtre des Varietés."

II

Poco tempo dopo quell'episodio, mentre leggevamo l'edizione della sera della *Gazette des Tribunaux*, la nostra attenzione si accentrò su questa notizia:

SENSAZIONALI DELITTI

"Intorno alle tre di stanotte gli abitanti del rione Saint-Roche sono stati svegliati da un susseguirsi di urla spaventose che sembravano provenire dal quarto piano di una casa della Rue Morgue, notoriamente abitata soltanto da una certa Madame L'Espanaye e da sua figlia, Mademoiselle Camille L'Espanaye. Dopo un certo ritardo dovuto al tentativo peraltro vano di entrare nella casa con i normali mezzi, il portone fu forzato con un piè di porco e otto o dieci vicini accompagnati da due *gendarmes* entrarono nell'edificio. Le grida intanto erano cessate, ma mentre i soccorritori si precipitavano su per la prima rampa di scale, si udirono due o più voci, impegnate in un aspro alterco, che parevano provenire dal piano superiore della casa. Quando le persone accorse raggiunsero il secondo pianerottolo, anche questi rumori sembrarono essere cessati completamente. Tutto era silenzio. Il gruppo dei vicini si sparpagliò nelle diverse stanze. Arrivati in una vasta camera che dava sul retro della casa, al quarto piano (la porta era chiusa a chiave dall'interno e bisognò dunque forzarla), si trovarono innanzi a uno spettacolo che li riempì di orrore e di sbalordimento.

"La grande stanza era in un disordine folle – i mobili ridotti in pezzi e sparsi tutt'intorno. C'era un unico letto, il cui cassone era stato strappato via e buttato nel mezzo del pavimento. Su una seggiola c'era un rasoio insanguinato e nel caminetto due o tre grigie ciocche di capelli umani, insanguinate anch'esse e che sembravano essere state strappate alle radici. Sul pavimento vennero trovati quattro napoleoni, un orecchino con topazi, tre grandi cucchiai d'argento, tre più piccoli di *métal d'Alger*, e due borse contenenti quasi quattromila franchi d'oro. I cassetti di un *bureau* situato in un angolo della camera erano aperti e certamente dovevano essere stati saccheggiati, sebbene contenessero ancora diversi indumenti. Sotto il letto (non sotto il cassone) venne scoperta un cassettina di sicurezza. Dentro non c'erano che alcune vecchie lettere e altri documenti di scarsa importanza.

"Nessuna traccia di Madame l'Espanaye. Fu però notata una quantità insolita di fuliggine nel caminetto e si procedette a esaminarne la cappa. Orribile a dirsi, ne fu estratto il cadavere della figlia, a testa in giù, che in quell'apertura era stato introdotto a viva forza e spinto verso l'alto. Il corpo era ancora caldo. Un primo esame rivelò numerose escoriazioni sicuramente prodotte dalla violenza con cui il corpo era stato spinto nella canna fumaria e poi estratto. Il volto della vittima era segnato da numerosi, profondi graffi e risaltavano sulla gola i lividi e i segni molto evidenti lasciati da unghie, quasi che la poveretta fosse rimasta vittima di uno strangolamento.

"Dopo avere minuziosamente esaminato ogni angolo della casa, ma senza ulteriori risultati, il gruppo delle persone accorse passò a ispezionare il cortiletto lastricato sul retro dell'edificio. Là fu rinvenuta la vecchia signora, la cui gola era stata tagliata così profondamente che quando si tentò di sollevare il cadavere la testa si staccò. Tutto il corpo era orrendamente mutilato, tanto da non sembrare più umano.

"Non risulta emerso finora alcun elemento che possa chiarire l'orrendo mistero avvenuto la scorsa notte."

L'edizione del giorno successivo riportava altri particolari:

LA TRAGEDIA DELLA RUE MORGUE

"Molte sono le persone sottoposte a interrogatorio a motivo di questo straordinario e terribile affare [la parola *affaire* non ha ancora, in Francia, il significato alquanto frivolo che ha assunto da noi], ma nulla è trapelato che possa proiettare un po' di luce su di esso. Riportiamo qui di seguito le notizie emerse dalle deposizioni raccolte dagli inquirenti.

"*Pauline Dubourg*, lavandaia, depone di conoscere le due vittime da tre anni, avendo per tutto questo tempo accudito alla loro biancheria. L'anziana signora e la di lei figlia sembravano andare molto d'accordo, e manifestavano un vivo reciproco affetto. Molto puntuali nei pagamenti. Non sa dire del loro tenore di vita né dei mezzi di cui disponevano. Ritiene che Madame L'Espanaye si procurasse da vivere predicendo il futuro. Era risaputo che aveva dei risparmi da parte. Quando si recava nella casa per ritirare la biancheria o per consegnarla non incontrava mai altre persone. Si dice sicura che non ci fossero domestici. Sembrava inoltre che la casa non fosse arredata salvo per il quarto piano.

"*Pierre Moreau*, tabaccaio, depone di aver fornito abitualmente e per quasi quattro anni a Madame L'Espanaye piccole quantità di tabacco, sia da fumo sia da fiuto. È nato nel quartiere e vi ha sempre abitato. La defunta signora e sua figlia risiedevano da più di sei anni nella casa in cui si è svolto il dramma. Prima, la casa era stata abitata da un gioielliere, che subaffittava le stanze dei piani superiori a persone diverse. La casa era di proprietà dell'anziana vittima la quale, seccata per l'uso che il gioielliere ne faceva, era andata ad abitarvi personalmente rifiutandosi di affittarne anche una sola porzione. La vecchia signora non era nel pieno possesso delle sue facoltà. Il testimone dichiara di avere incontrato la figlia non più di cinque o sei volte negli ultimi sei anni. Le due donne conducevano un'esistenza molto appartata, forse troppo. Avevano fama di essere benestanti. I vicini sostenevano che Madame L'Espanaye leggeva il futuro, ma lui quella storia non l'aveva mai presa sul serio. Non ha mai visto estranei entrare nella casa, salvo una o due volte un fattorino, otto o dieci volte il medico.

"Vari vicini dichiarano più o meno le stesse cose. Che si sappia, mai nessuno frequentava le due vittime. Nessuno sapeva se avessero parenti in vita. Le persiane della facciata venivano spalancate di rado. Quelle del retro erano anch'esse sempre chiuse, tranne quelle della grande camera al quarto piano. La casa era in buono stato, non molto vecchia.

"*Isidore Musset*, gendarme, depone di essere stato chiamato sul luogo intorno alle tre del mattino, e di avere trovato davanti al portone venti o trenta persone che cercavano di entrare. È stato lui a forzare il portone con una baionetta, non con un piè di porco. Non è stato difficile aprire trattandosi di un portone a due battenti, privo di catenaccio in alto o in basso. Si sono udite grida provenire dalla casa sino al momento dell'apertura del portone, poi sono cessate di colpo. Sembravano urla di una o più persone in preda a sofferenze atroci: grida acute e prolungate, non brevi e discontinue. Il testimone è salito precedendo tutti gli altri. Arrivato sul primo pianerottolo ha potuto udire due persone che stavano litigando aspramente, a voce alta: una delle voci era rude, l'altra stridula e molto strana. Ha colto alcune parole pronunciate dalla prima voce, senz'altro di un francese. Non era una voce di donna. Ha udito le parole *sacré* e *diable*. Invece, la seconda voce, quella stridula, era indubbiamente di persona straniera. Non saprebbe dire se fosse maschile o femminile. Non è riuscito a cogliere alcuna parola, ma ritiene che parlasse in lingua spagnola. Il testimone riferisce sullo stato della camera e dei cadaveri non diversamente da quanto è stato da noi riportato nell'edizione di ieri.

"*Henri Duval*, un vicino, di professione orafo, depone di avere fatto parte del gruppo entrato nella casa insieme al gendarme. Conferma in linea di massima la deposizione di Musset. Dopo essere entrati nell'edificio ne hanno sbarrato il portone per impedire che entrasse la folla che era andata formandosi nonostante l'ora.

"Secondo lui la voce stridula apparteneva a un italiano, sicuramente non a un francese. Non è certo se fosse maschile; poteva benissimo appartenere a una donna.

"*Odenheimer*, *restaurateur*... Questo testimone si è presentato di sua spontanea volontà. Non conosce il francese. Ha deposto grazie all'aiuto di un interprete. È nato ad Amsterdam. Passava davanti alla casa proprio quando hanno cominciato a levarsi le urla. Sono durate diversi minuti, forse dieci. Erano urla prolungate, molto intense, paurose – grida sconvolgenti. È stato uno dei soccorritori entrati nell'edificio. Ha confermato i diversi punti delle testimonianze precedenti, fatta eccezione per una cosa: è convinto che la voce stridula fosse maschile, di un francese. Non ha potuto distinguere le parole, pronunciate con una voce alta e precipitosa che esprimeva paura e collera insieme. Una voce più aspra che stridula. L'altra voce, quella rude, ha esclamato a più riprese '*sacré*', '*diable*' e una volta '*mon Dieu*'.

"*Jules Mignaud*, banchiere, della Mignaud e Figli, Rue Deloraine. È il maggiore dei Mignaud. Madame L'Espanaye disponeva di alcune proprietà e aveva aperto un conto nella banca Mignaud nella primavera del... (otto anni prima). Era solita depositare spesso piccole somme di denaro. Non aveva mai effettuato prelievi fino a tre giorni prima della tragedia, quando era andata a ritirare quattromila franchi. La somma le era stata versata in oro, e un funzionario gliel'aveva portata fino a casa.

"*Adolphe Le Bon*, impiegato presso la Mignaud e Figli, dichiara che verso mezzogiorno aveva accompagnato Madame L'Espanaye fino a casa con i quattromila franchi d'oro suddivisi in due borse. Giunti all'abitazione si presentò alla porta Mademoiselle L'Espanaye, la quale gli prese una delle borse, mentre la vecchia signora gli prendeva l'altra. Lui le aveva salutate con un inchino, allontanandosi. Uscito in strada non aveva visto nessuno, e infatti si tratta di una strada sempre assai poco frequentata.

"*William Bird*, sarto, riferisce di essere tra coloro che sono entrati in casa. È inglese, a Parigi da due anni. È stato uno dei primi a precipitarsi su per le scale. Ha udito l'alterco. La voce rude apparteneva senz'altro a un francese. Ha sentito distintamente alcune parole, ma non le ricorda, a parte *sacré* e *mon Dieu*. Si convinse trattarsi di un litigio, accompagnato da rumori di una colluttazione tra più persone – oggetti in frantumi, scagliati di qua e di là. La voce stridula era molto intensa, più di quella che parlava in francese. Non si trattava di una voce inglese, di questo è certissimo. Piuttosto, la voce di un tedesco, forse di una donna. Dichiara di non conoscere la lingua tedesca.

"Quattro testimoni tra quelli menzionati sono stati riconvocati dalla polizia, e hanno affermato che la porta della camera in cui fu poi rinvenuto il cadavere di Mademoiselle L'Espanaye era chiusa a chiave dall'interno. Al momento del loro arrivo davanti alla porta c'era un silenzio profondo: nessun lamento, nessun rumore. Forzata la porta, non videro anima viva. Le finestre della camera situata sul retro e di quella che guarda dalla facciata erano sprangate dall'interno. Una porta comunicante tra le due camere era chiusa, però non a chiave. La porta tra la camera sulla facciata e il corridoio era anch'essa chiusa a chiave dall'interno, mentre uno stanzino che dava sulla via, al quarto piano, proprio all'inizio del corridoio, risultò avere la porta socchiusa; la stanza era tutta piena di vecchi letti, casse e altre suppellettili. Tutti gli oggetti sono stati tirati fuori ed esaminati. Non un solo centimetro quadrato della casa è stato trascurato. Ogni camino è stato attentamente ispezionato. L'edificio ha quattro piani più le soffitte *(mansardes)*. Una botola che dà sul tetto risultò inchiodata ed evidentemente non veniva aperta da anni. I testimoni non sono concordi riguardo al tempo trascorso tra quando si sono levate le voci e quando la porta è stata forzata. Alcuni lo descrivono come un tempo assai breve – due, tre minuti al massimo; altri sostengono che i minuti furono almeno cinque. La porta è stata aperta con grande difficoltà.

"*Alfonso Garcio*, impresario di pompe funebri, dichiara di abitare in Rue Morgue. È nato in Spagna. È uno di quelli che sono entrati nella casa. Non è però salito ai piani superiori. Difatti, i suoi nervi sono piuttosto fragili e teme le conseguenze di un'emozione. Ha sentito delle voci litigare. La voce rude era quella di un francese, ma non è riuscito a capire cosa dicesse. La voce stridula era sicuramente quella di un inglese. Il testimone non conosce l'inglese, e nell'esprimere questo parere si riferisce al tipo di intonazione.

"*Alberto Montani*, pasticciere, testimonia di essere stato uno dei primi a precipitarsi su per le scale. Ha sentito anche lui le voci. Quella rude era di un francese, del quale ha colto qualche parola. La persona sembrava muovere dei rimproveri o delle suppliche. Non è riuscito a cogliere cosa dicesse la voce stridula. Parlava in modo concitato, accavallando le parole. Gli è sembrata la voce di un russo. Conferma in generale le testimonianze degli altri. È italiano, e ammette di non avere mai conversato con un russo.

"Alcuni testimoni, riconvocati, sostengono che i camini delle diverse camere al quarto piano sono troppo stretti per consentire a una persona di introdurvisi. Difatti li hanno dovuti esaminare adoperando le spazzole cilindriche che servono appunto per le canne fumarie. Sono state fatte passare in tutti i camini della casa.

"Sul retro non esiste alcun passaggio da cui l'omicida possa essere fuggito mentre i testimoni stavano salendo le scale. Il corpo di Mademoiselle L'Espanaye era stato costretto a forza nel camino, tanto che per estrarlo era risultato necessario l'intervento di quattro o cinque persone.

"*Paul Dumas*, medico, testimonia di essere stato convocato all'alba per esaminare i cadaveri. Erano stati disposti nella camera dove avevano ritrovato Mademoiselle L'Espanaye. Il corpo della giovane risultava cosparso di lividi e di escoriazioni, evidentemente per essere stato spinto a forza nel camino. La gola appariva scorticata in modo assai insolito: sotto il mento si notavano graffi profondi e alcune macchie livide, senz'altro impronte di dita. La faccia era spaventosamente esangue, gli occhi sembravano volere schizzare dalle orbite. La lingua risultava essere stata mozzata a metà. Inoltre, una grossa ecchimosi riscontrata alla bocca dello stomaco era stata probabilmente prodotta dalla pressione di un ginocchio. Era opinione del medico, Monsieur Dumas, che Mademoiselle L'Espanaye fosse stata strangolata da uno o più individui.

"Il cadavere della madre appariva mutilato in modo orrendo. Tutte le ossa delle gambe e del braccio destro erano fratturate; la tibia sinistra anche e così le costole dello stesso lato. Tutto il corpo appariva ricoperto di ecchimosi e lividi. Era arduo spiegare come simili lesioni avessero potuto essere state prodotte. Un pesante bastone oppure una grossa spranga di ferro, una sedia, un'arma massiccia, pesante e non a punta, avrebbero potuto produrre lesioni del genere se maneggiate da un uomo di notevole forza fisica. Impossibile che fosse stata una donna a provocare quelle ferite, qualsiasi fosse l'arma usata. La testa della defunta, stando alla testimonianza del medico, era staccata completamente dal corpo, e anch'essa fratturata. La gola appariva recisa con uno strumento molto affilato, forse un rasoio.

"*Alexandre Etienne*, chirurgo, chiamato insieme a Monsieur Dumas per esaminare i cadaveri, condivide le affermazioni e le conclusioni di Monsieur Dumas.

"Nonostante le numerose deposizioni, non è stato dunque possibile ottenere informazioni veramente indicative.

"A Parigi non era stato mai commesso un delitto così inspiegabile e sconcertante in ogni suo aspetto. Sempre che di delitto si sia trattato. La polizia appare del tutto disorientata, il che non è insolito in fatti del genere. Quindi, a questo punto è impossibile parlare di indizi."

L'edizione della sera riferiva come nel quartiere St.-Roch regnasse ancora un vivo fermento, e come i luoghi del misfatto fossero stati nuovamente ispezionati. Anche i testimoni erano stati nuovamente interrogati, però senza risultato. Tuttavia, si dava notizia che Adolphe Le Bon, il commesso della banca, era stato arrestato e imprigionato, sebbene non sembravano esserci indizi contro di lui.

Dupin sembrava particolarmente interessato agli sviluppi delle indagini, almeno per quanto potevo capire dal suo comportamento – non aveva difatti avanzato alcun commento. Soltanto dopo che era stata pubblicata la notizia dell'arresto di Le Bon mi chiese cosa ne pensassi del duplice omicidio.

Dovetti ammettere che per me era un mistero indecifrabile, come del resto lo era tutta Parigi. Non capivo come si sarebbe mai potuto dare un nome all'assassino.

"Non dobbiamo giudicare da quanto finora è emerso da questo embrione di inchiesta", mi spiegò Dupin. "La polizia parigina, tanto osannata per il suo *acumen*, è soltanto scaltra. In altre parole, è priva di metodo, procede sulla base delle circostanze immediate. Sfoggia interventi, misure, ma sovente in modo così inadeguato da far pensare a M. Jourdain, in Molière, quando chiede la sua veste da camera per meglio ascoltare la musica. I risultati che la polizia ottiene appaiono talora sorprendenti, ma quasi sempre scaturiscono unicamente da diligenza e zelo. Se poi queste qualità vengono meno, il sistema fallisce. Vidocq, per esempio, aveva notevole intuito e grande perseveranza; ma il suo pensiero risultava carente, finiva regolarmente fuori strada per il troppo ardore immesso nelle indagini. Non vedeva lontano perché si ostinava a voler guardare le cose troppo da vicino. L'acume di cui era dotato lo portava a cogliere uno o due aspetti essenziali, ma poi il suo metodo lo conduceva inevitabilmente a perdere di vista l'insieme. Insomma, la verità non sta sempre in fondo a un pozzo. Anzi, quanto agli aspetti determinanti, ritengo che se ne stia invariabilmente in superficie. Siamo portati a cercarla in fondo alla valle, quando invece lei è in cima alla montagna.

"Un esempio di questo genere di errore possiamo riscontrarlo nell'osservazione dei corpi celesti. Quando si dà un'occhiata a una stella, guardandola con la coda dell'occhio, con la parte più esterna della retina (la più sensibile alla luce debole), possiamo vedere la stella distintamente, cogliendone adeguatamente la luminosità che si attenua a mano a mano che volgiamo lo sguardo pienamente su di essa. A questo punto, infatti, l'occhio è investito da un gran numero di raggi luminosi, mentre alla prima occhiata si ha una più raffinata capacità di percezione. La troppa profondità condiziona il pensiero e ci rende perplessi, mentre una osservazione troppo prolungata, troppo concentrata o troppo diretta può fare svanire dal firmamento persino Venere.

"Tornando ai delitti di questi giorni, perché non indaghiamo per nostro conto prima di trarre un giudizio? L'esperienza ci divertirà [mi sembrò un'espressione perlomeno bizzarra applicata a questo caso, ma non dissi niente]; e poi, sono debitore a Le Bon di un favore e non voglio mostrarmi ingrato. Dunque, andremo a dare un'occhiata personalmente. Conosco G., il prefetto di polizia, e non sarà quindi difficile ottenere le necessarie autorizzazioni."

Il permesso venne infatti accordato e ci recammo subito in Rue Morgue. È una di quelle squallide viuzze che collegano Rue Richelieu a Rue St.-Roch. Il pomeriggio stava già spegnendosi quando arrivammo: si tratta infatti di un rione assai distante da quello in cui abitavamo. Trovammo la casa con facilità, tanta era la folla che vi stazionava davanti, inchiodata sotto quelle finestre chiuse dalla stolida curiosità che caratterizza appunto le folle in circostanze come questa.

La casa era come molte altre, a Parigi – un portone con a fianco una guardiola a vetri col pannello scorrevole, evidentemente riservato alla portinaia.

Invece di entrare subito continuammo a camminare, svoltando in una stradina e poi svoltammo di nuovo fino a trovarci sul retro del palazzo. Dupin intanto esaminava i dintorni, oltre che la casa, con una concentrazione che non riuscivo a motivare.

Ritornammo sui nostri passi fino al portone di entrata, suonammo, mostrammo il permesso e gli agenti di guardia ci fecero entrare.

Salimmo fino alla camera dove era stato trovato il cadavere di Mademoiselle L'Espanaye e dove giacevano ancora i corpi di entrambe le vittime. Come è consuetudine in questi casi, nulla era stato toccato: il disordine era quello trovato dai soccorritori. Vidi insomma che tutto corrispondeva a quanto riferito nelle pagine della *Gazette des Tribunaux*.

Ogni cosa venne esaminata da Dupin con attenzione estrema, compresi i due cadaveri. Passammo poi nelle altre stanze e nel piccolo cortile, sempre scortati da un *gendarme*.

Il sopralluogo portò via parecchio tempo e quando lasciammo la casa era buio. Mentre tornavamo verso la nostra abitazione il mio amico si fermò brevemente negli uffici di un quotidiano.

III

Ho già avuto modo di spiegare come Dupin avesse un comportamento spesso capriccioso, che cercavo in ogni modo di non ostacolare: questa volta, per esempio, decise di non parlare assolutamente di alcunché che avesse attinenza col delitto, e così fece fino al mezzogiorno dell'indomani. Solo allora, infatti, mi domandò di botto se avessi notato qualcosa di *peculiare* sulla scena del delitto.

Pronunciò quella parola – *peculiare* – con un'intonazione che mi fece rabbrividire, senza che sapessi dire perché.

"No, niente di *peculiare*", dissi, "perlomeno, niente di più di quanto abbiamo entrambi letto sul giornale."

"Ritengo che la *Gazette*", replicò, "non abbia colto del tutto l'insolito orrore della vicenda. Lasciamo comunque perdere le oziose opinioni dei cronisti. Mi sembra che questo mistero sia considerato insolubile per la stessa ragione che dovrebbe farlo ritenere di facile soluzione: mi riferisco al suo carattere *outré*, eccessivo. La polizia sembra disorientata dall'apparente mancanza di movimenti – non dal delitto in sé, bensì dalla sua atrocità. Si è subito trovata in difficoltà per l'apparente impossibilità di conciliare le voci che litigavano col fatto che al quarto piano sia stato trovato soltanto il corpo di Mademoiselle L'Espanaye senza peraltro che ci fosse maniera di uscire non visti da chi in quel mentre stava accorrendo su per le scale. L'insolito disordine nella camera, il cadavere spinto a testa in giù nella canna fumaria del camino, l'orrendo stato del corpo della vecchia signora – insomma, tutti questi aspetti della vicenda, ed altri ancora che per il momento possiamo tralasciare, sono bastati a immobilizzare le indagini ufficiali e a depistare il tanto osannato *acumen* degli agenti. L'errore commesso è enorme ma anche molto comune: si è confuso lo straordinario con l'astruso. Ma è proprio seguendo le deviazioni dalla normalità che la ragione trova la strada verso la verità. In questo genere di indagini, non è importante domandarsi *cosa* sia accaduto, quanto piuttosto *cosa sia accaduto che non è mai accaduto prima*. In effetti, la facilità con cui perverrò, o già sono pervenuto, alla soluzione di questo mistero, è direttamente proporzionale a quella che per la polizia è la sua apparente insolubilità."

Guardavo il mio interlocutore in silenzio, sinceramente sbalordito.

"Sono in attesa", continuò lui, guardando la nostra porta di casa, "di qualcuno che pur non avendo, forse, perpetrato questa carneficina, deve esservi in qualche modo implicato. È probabile che non si sia macchiato degli aspetti più orribili dei crimini commessi. Mi auguro di non sbagliarmi in questa mia ipotesi, giacché su di essa poggio le mie speranze di risolvere l'intero enigma. La persona di cui dico dovrebbe presentarsi in questa stanza da un momento all'altro. Certo, potrebbe non venire affatto, ma è più probabile che venga. E se viene, dovremo assolutamente trattenerlo. Ecco le pistole – sappiamo entrambi adoperarle, quando la situazione lo esige."

Presi le pistole, senza sapere bene cosa stessi facendo, e senza credere a ciò che udivo, mentre Dupin continuava come parlando a se stesso. Ho già spiegato come in quei momenti sapesse estraniarsi. Parlava a me, ma la sua voce, pur rimanendo tranquilla, aveva quella intonazione che si è soliti assumere rivolgendosi a qualcuno che si trova a grande distanza. Gli occhi, inespressivi, fissavano solo il muro.

"Le voci concitate udite all'interno", disse, "da coloro che stavano salendo le scale, non appartenevano alle sventurate vittime: questo è chiaro. Cade pertanto il dubbio che la vecchia signora abbia ucciso prima sua figlia e si sia poi tolta la vita. Dico questo solo in onore al metodo; infatti le energie fisiche di Madame L'Espanaye non sarebbero bastate per costringere il corpo della figlia su per il camino, e le ferite riscontrate sul suo corpo escludono ogni ipotesi di suicidio. Gli omicidi sono dunque opera di terze persone – appartengono a esse le voci che stavano litigando mentre accorrevano i soccorritori. A questo punto vorrei richiamare la vostra attenzione non sul complesso delle testimonianze, ma su ciò che in esse sembra *peculiare*. Non avete notato nulla di strano?"

Risposi che tutti sembravano d'accordo nel definire francese la voce rude, mentre i pareri erano assai discordi a proposito della voce stridula, o aspra – come qualcuno l'aveva definita.

"Voi state citando le testimonianze", osservò Dupin, "non la loro peculiarità. Non avete notato proprio nulla di particolare? Eppure c'era. I testimoni, come avete giustamente osservato, concordano quanto alla voce rude, mentre a proposito della voce stridula emerge un dato rilevante – non il fatto che ci sia disaccordo tra loro, bensì quello che un italiano, uno spagnolo, un olandese e un francese concordano nel definirla voce appartenente a *uno straniero*: come dire, ognuno è sicuro che non sia la voce di un suo compatriota. A nessuno, dunque, quella voce risulta familiare – anzi, al francese sembra spagnola, e dice che avrebbe potuto cogliere qualche parola, *se avesse avuto dimestichezza con lo spagnolo*. Secondo l'olandese si trattava della voce di un francese, ma sappiamo che il teste *non conoscendo una parola di francese, ha dovuto deporre con l'aiuto di un interprete*. L'inglese ritiene che si sia trattato della voce di un tedesco, però il tedesco non la comprende. Lo spagnolo è assolutamente sicuro che quella voce appartenesse a un inglese, però si basa unicamente sull'intonazione, perché non ha dimestichezza con la lingua inglese. L'italiano pensa che si sia trattato della voce di un russo, *ma non ha mai parlato con un russo*.

"Un secondo teste francese, però, diversamente dal primo, è certo che la voce stridula appartenesse a un italiano e non conoscendo l'italiano, anche lui si basa sulla *intonazione*.

"Dev'essersi trattato di un'intonazione davvero singolare, se ha suscitato commenti tanti disparati. Una voce nella quale persone provenienti da cinque grandi nazioni europee non hanno riscontrato alcunché di familiare. Certo, potreste ribattere che forse si trattava della voce di un africano, o di un asiatico... gente, comunque, che a Parigi certamente non abbonda. Ma prendiamo pure per valida quest'ipotesi: voglio sottolineare tre punti. Uno dei testi definisce la voce più aspra che stridula. Altri la descrivono come concitata, incomprensibile. Mai nessuno che accenni a parole distinguibili, comunque a suoni paragonabili a parole."

Dopo un istante di riflessione, Dupin riprese il discorso dicendo: "Non so cosa ne pensiate di quanto ho fin qui detto, però non esito ad affermare che anche da questo aspetto delle deposizioni dei testi – l'aspetto cioè che riguarda le due voci, quella rude e quella stridula – si possono legittimamente trarre delle deduzioni, sufficienti a sollecitare un sospetto che, da solo, può bastare a dare un preciso indirizzo alle indagini intorno a questo mistero. Ho detto che si possono trarre, queste deduzioni, *legittimamente*, ma è un termine che non esprime appieno il mio pensiero. Affermo infatti che tali deduzioni sono le *uniche* possibili, e che il sospetto che da esse *inevitabilmente* scaturisce punta a un'unica soluzione possibile. Non è ancora il momento per precisare quale sia, questo sospetto. Mi limito a dirvi che a me è bastato per dare forma e direzione sicura all'esame che ho condotto in quella disgraziata camera.

"Ma ritorniamoci con l'immaginazione, in quella stanza. Cosa cercheremo per prima cosa? La via da cui gli assassini hanno potuto fuggire, dico bene? Possiamo tranquillamente affermare che né voi né io crediamo a eventi soprannaturali. Madame L'Espanaye e sua figlia non sono state uccise da fantasmi. A farlo sono state creature in carne e ossa, che hanno adoperato vie di fuga materialissime. Quali, però? A questo interrogativo si può rispondere con un ragionamento solo, quindi esso dovrà introdurci a una definitiva soluzione. Esaminiamole a una a una, queste possibili vie di fuga. Nessun dubbio che quando i soccorritori stavano salendo le scale gli assassini si trovassero ancora nella camera in cui è stata rinvenuta Mademoiselle L'Espanaye, o quanto meno in quella attigua. Dunque la via di fuga va cercata qui, in queste due stanze. La polizia ha esaminato pavimenti, soffitti, muri: non c'è passaggio segreto che avrebbe potuto sfuggire a un esame così scrupoloso. Comunque, non mi sono fidato e ho ispezionato tutto personalmente. Risultato? Nessuna via di uscita segreta. Le porte delle due stanze che si aprono sul corridoio erano entrambe chiuse a chiave dall'interno. Vediamo ora i camini. Per un tratto di otto o dieci piedi sopra il focolare hanno un'ampiezza normale, ma poi si restringono per il resto della loro lunghezza, tanto che neppure un grosso gatto riuscirebbe a introdurvisi. Quindi, niente passaggi segreti, impossibile la fuga dalle porte e dai camini.

"Non restano che le finestre. Chiunque avesse tentato di fuggire da quelle che danno sulla via sarebbe stato immediatamente notato dalla folla che si era già assembrata. Perciò gli assassini devono per forza essere passati dalle finestre che guardano sul retro. Orbene, essendo creature dotate di raziocinio, non possiamo respingere questa conclusione soltanto perché ci sembra impossibile. Dobbiamo piuttosto dimostrare che l'apparente impossibilità tale non è.

"La stanza ha due finestre. Una non è ostruita da mobili ed è dunque perfettamente visibile. L'altra ha la parte inferiore nascosta dalla massiccia testata del letto, che ci è appoggiata contro. Si è appurato che la prima era saldamente chiusa dall'interno e difatti ha resistito a tutti gli sforzi per aprirla. Sulla sinistra del telaio era stato trapanato un foro nel quale è stato trovato conficcato quasi per intero un grosso chiodo. I controlli hanno portato alla scoperta di un chiodo simile, conficcato alla stessa maniera, anche nell'altra finestra. Di nuovo, gli sforzi non sono valsi ad aprire neppure questa. È una constatazione che ha convinto la polizia che la fuga non possa essere avvenuta attraverso le finestre. Pertanto, è parso superfluo estrarre i chiodi e aprirle.

"I controlli che ho effettuato personalmente sono stati oltremodo minuziosi. Sapevo quanto fosse necessario dimostrare che l'impossibilità, in questo caso, era solo apparente. Applicai dunque il metodo del ragionamento a posteriori. Gli assassini *dovevano* essere fuggiti da una delle finestre della stanza, nel qual caso non potevano certo averla richiusa dall'interno com'era stata trovata: una considerazione talmente ovvia che su di essa la polizia si è bloccata.

"Nessun dubbio: i telai delle finestre erano effettivamente inchiodati. C'era un'unica spiegazione e cioè che le finestre potessero richiudersi da sole. Una conclusione inevitabile secondo la logica. Mi avvicinai allora alla finestra non ostruita dal letto, estrassi non senza difficoltà il chiodo e tentai di aprire l'anta. Come avevo previsto, resistette. Dunque doveva esserci una molla nascosta. La mia ipotesi trovava una prima conferma e ciò mi convinse che nell'insieme il mio ragionamento doveva essere giusto, sebbene la presenza di quei chiodi continuasse ad apparirmi inspiegabile. Un esame molto attento mi portò ben presto a scoprire la molla segreta. La premetti e, soddisfatto della scoperta, mi astenni dall'aprire la finestra. Rimisi il chiodo nel suo foro. Una persona che fosse fuggita dalla finestra avrebbe, dall'esterno, potuto riaccostare il battente e la molla sarebbe scattata, ma non avrebbe potuto rimettere il chiodo al suo posto. Anche questa era una conclusione inevitabile e restringeva non poco il campo delle mie ricerche.

"Gli assassini *dovevano* essere fuggiti dall'altra finestra. Supponendo che le molle delle due finestre fossero identiche – il che era probabile – doveva per forza esserci una diversità nei due chiodi o, se non altro, nel modo col quale erano stati conficcati nel telaio. Salii sul saccone del letto ed esaminai il telaio della finestra nascosto dalla testiera del letto. Non mi fu difficile trovare la molla e farla scattare: come avevo previsto, era identica a quella dell'altra finestra. Passai a esaminare il chiodo: aveva le dimensioni dell'altro, e come l'altro era stato conficcato nel legno fino alla capocchia. Penserete che a questo punto mi trovassi disorientato. Nel qual caso significa che non avete colto la caratteristica delle mie induzioni. Ricorrendo alla terminologia sportiva, posso affermare che non avevo commesso un solo 'fallo', non avevo mai perso un solo 'passaggio'. Gli anelli della catena erano tutti al loro posto. Avevo ricostruito in ogni particolare la struttura dell'enigma e tutto puntava a quello: il chiodo! Come ho detto, sembrava identico all'altro ma questo fatto, apparentemente determinante, perdeva d'importanza di fronte alla logica che diceva che così non poteva essere. Ero insomma convinto che in quel chiodo c'era qualcosa che non andava. Lo toccai, ed ecco che la capocchia con circa un quarto di pollice di gambo mi rimase tra le dita. Il resto del chiodo era ancora conficcato nel legno: spezzato! La frattura risaliva a parecchio tempo prima, dato che gli orli del chiodo apparivano arrugginiti, e doveva essere stata prodotta da un colpo di martello che aveva in parte incastrato la capocchia del chiodo nella parte inferiore del telaio, verso l'alto. Rimisi con molta cura la capocchia nella sua sede e allo sguardo il chiodo sembrò perfettamente intatto. Premetti la molla, sollevai di qualche centimetro il telaio della finestra, e la capocchia del chiodo si sollevò con esso. Rimisi il telaio al suo posto e il chiodo sembrò di nuovo perfettamente integro, come se con la sua presenza garantisse effettivamente l'invalicabilità della finestra.

"L'enigma era fin qui risolto. Gli assassini erano fuggiti dalla finestra seminascosta dal letto. Sia che si fosse richiusa da sola dopo la fuga, sia che l'avesse chiusa una mano umana, la finestra era stata trattenuta al suo posto dalla molla, e la polizia aveva invece pensato che fosse il chiodo – aveva cioè pensato che, inchiodata, la finestra non potesse in nessun modo essere aperta.

"Pertanto ogni ulteriore indagine in questa direzione era stata trascurata.

"L'altro aspetto del mistero che dovevo chiarire era questo: come avevano potuto gli assassini calarsi dal quarto piano? Era un aspetto che già avevo avuto modo di esaminare passeggiando intorno al palazzo, al nostro arrivo. A circa cinque piedi e mezzo dalla finestra in questione corre il cavo di un parafulmine. Nessuno avrebbe potuto adoperarlo per arrivare alla finestra e a maggior ragione per entrarvi. Avevo tuttavia notato che le persiane del quarto piano erano di un genere particolare, che a Parigi i falegnami chiamano *ferrades*: un genere oggi piuttosto raro ma comune nelle vecchie case di Lione e di Bordeaux. Queste imposte hanno la forma di una comune porta a un solo battente, però la parte superiore è a inferriata e offre un'eccellente presa per le mani. Nel nostro caso sono larghe circa tre piedi e mezzo. Quando le vedemmo dal retro della casa erano semiaperte e formavano con il muro un angolo retto.

"Nessun dubbio che gli inquirenti abbiano come me esaminato l'edificio dal retro. Però, guardando le *ferrades* nel senso della larghezza, come in effetti devono avere fatto, non ne hanno rilevato la particolare larghezza e in ogni caso non le hanno attribuito l'importanza che invece merita. Convinti che nessuno potesse essere fuggito da quella parte, hanno effettuato un esame assai superficiale. Quanto a me, compresi immediatamente che l'imposta della finestra semiostruita dal letto, se spinta contro il muro, sarebbe arrivata a non più di due piedi dal cavo del parafulmine. Ed era chiaro che con un coraggio e un'agilità eccezionali, si sarebbe potuto, dal cavo del parafulmine, penetrare nella finestra in questione. Supponendo sempre che l'imposta fosse del tutto spalancata, un ladro avrebbe potuto afferrarsi saldamente all'inferriata dell'imposta stessa semplicemente sporgendosi per due piedi e mezzo circa. A quel punto, abbandonando il cavo e puntando i piedi contro il muro, avrebbe potuto dare all'imposta una forte spinta in modo da chiuderla – e penetrare così nella stanza.

"Tenete presente che mi sto riferendo a un'energia eccezionale, tale da consentire un'impresa a tal punto ardua e pericolosa. Il mio scopo è di dimostrarvi che l'impresa *poteva* essere compiuta; ma ritengo ancor più importante sottolinearvi l'agilità eccezionale, quasi sovrumana, necessaria per riuscirci.

"Ricorrendo al gergo legale, osserverete a questo punto che per dimostrare la mia tesi *a fortiori* farei bene a sottovalutare e non a sottolineare l'energia straordinaria necessaria per riuscire nell'impresa che ho descritto. Ma è una prassi che può andare bene nei tribunali, non nell'applicazione della ragione. Infatti, il mio scopo finale è di arrivare alla verità. Quello immediato è di portarvi a individuare un nesso tra l'agilità *straordinaria* a cui ho or ora accennato, e la voce *particolarissima*, stridula oppure aspra, comunque sconnessa, sul cui ceppo linguistico neppure due testimoni si sono trovati d'accordo, e nei cui suoni nessuno è riuscito a distinguere parole comprensibili."

Mentre ascoltavo queste parole di Dupin cominciò a insinuarsi nella mia mente un'idea, certamente vaga e informe, di dove il suo ragionamento stesse andando a parare. Mi sentivo a un passo dalla comprensione pur non riuscendo ancora a capire, così come a volte succede di trovarsi sul punto di ricordare qualcosa senza però riuscire a farlo. Il mio amico, comunque, ripigliò il filo del suo discorso.

"Avrà certo notato come io abbia spostato l'attenzione dalla via di uscita alla via di entrata. Ho voluto dimostrare come i due fatti si siano svolti con modalità identiche. Ma ritorniamo nella famigerata camera ed esaminiamola così come si presentò agli occhi dei soccorritori. I cassetti del *bureau* erano stati messi a soqquadro, però contenevano ancora molti capi di vestiario. La polizia afferma che vi è stato furto. Ma è una conclusione assurda. Anzi, non è una conclusione – è una mera supposizione, e anche piuttosto sciocca: infatti, com'è possibile escludere che i capi di vestiario ancora nei cassetti non fossero *tutto* il contenuto originario di quei cassetti? Sappiamo che Madame L'Espanaye e sua figlia conducevano un'esistenza appartata e quindi avevano ridotte esigenze di vestiario. Quelli rinvenuti ancora nei cassetti erano di buona qualità. Se davvero c'è stato furto di vestiti, come mai il ladro non ha preso anche quelli rimasti nei cassetti? Perché, insomma, non ha preso tutto? Perché mai avrebbe dovuto rubare qualche indumento e lasciare quattromila franchi d'oro? L'oro, non dimentichiamolo, non l'ha toccato. Quasi tutta la somma indicata da Monsieur Mignaud, il banchiere, è stata trovata nelle due borse sul pavimento. Vorrei dunque che allontanaste dalla vostra mente l'idea del *movente* così come nasce nel cervello degli inquirenti a motivo delle deposizioni sul denaro portato nella casa della Rue Morgue. Coincidenze dieci volte più singolari di questa (il denaro consegnato a domicilio e gli omicidi commessi dopo tre giorni) accadono continuamente a noi tutti, e non ci facciamo neanche caso. In genere le coincidenze costituiscono un grosso ostacolo per i pensatori educati a trascurare completamente la teoria delle probabilità – teoria alla quale l'umanità, protesa nella sua evoluzione, deve le sue scoperte più brillanti. Tornando al nostro caso, se l'oro fosse scomparso, il fatto che l'avessero consegnato appena tre giorni prima avrebbe segnalato assai più di una coincidenza. Avrebbe confermato l'idea del movente. Date però le effettive circostanze del caso, se supponiamo che l'oro sia stato il movente degli efferati delitti, dobbiamo concludere che l'assassino sia un idiota talmente esitante nel suo operato criminale da dimenticarsi sia dell'oro sia del movente.

"Teniamo dunque saldi in mente i punti che già vi ho indicato: la voce strana, un'agilità eccezionale e la sconcertante assenza di movente in un delitto così feroce. Teniamo a mente questi punti e passiamo a considerare gli omicidi in sé.

"Una giovane donna viene strangolata con le mani e spinta a viva forza su per il camino, a testa in giù. Un comune assassino non ricorre a metodi del genere per uccidere, e tanto meno per occultare il cadavere della vittima. Il modo con cui la morta è stata ficcata su per il camino presenta, ammettiamolo, un carattere *eccessivamente outré* – un carattere che ci è difficile associare a gesta umane, finanche di coloro che siano particolarmente depravati. Né dimentichiamoci della forza impressionante che dev'essere stata necessaria per spingere il corpo nel camino, tanto è vero che poi per estrarlo è occorsa la forza congiunta di numerosi uomini.

"Ci sono comunque ulteriori indizi che segnalano l'uso di una forza fuori del comune. Sul focolare del camino sono state rinvenute folte ciocche di capelli umani grigi, strappati alle radici. Sappiamo tutti quanta energia ci voglia per strappare in una sola volta appena venti o trenta capelli. Queste ciocche le avete vedute così come le ho viste io. Alle radici (che orrendo spettacolo!) aderivano ancora frammenti di viva carne strappata allo scalpo: altro indizio della forza prodigiosa esercitata per strappare, tutti insieme, qualcosa come mezzo milione di capelli.

"Passiamo all'anziana signora. Non solo la gola era stata tagliata, ma tutta la testa è risultata recisa. Tutto questo usando un semplice rasoio. Soffermiamoci, inoltre, sulla singolare ferocia di questi atti. Non voglio dire dei lividi e dei graffi sul corpo di Madame L'Espanaye. Sia Monsieur Dumas sia il suo esimio collega, Monsieur Etienne, hanno attribuito quei lividi e quei segni a un corpo contundente non appuntito, e in questo avevano ragione. Il corpo contundente era il selciato del cortile sul quale la vittima è precipitata dalla finestra vicina al letto. Questa idea, per quanto ora possa apparire scontata, è sfuggita agli inquirenti per la stessa ragione per cui sfuggì loro il particolare dell'ampiezza delle imposte: cioè, per i chiodi, la presenza dei quali sembrava escludere l'ipotesi che le finestre avessero potuto essere aperte.

"Orbene, se a tutto ciò aggiungiamo il disordine assolutamente inconsueto che regnava nella camera, possiamo unire tra loro gli aspetti concreti fin qui emersi: agilità eccezionale, forza sovrumana, ferocia inusitata, massacro senza movente, *grotesquerie* di un orrore del tutto inconciliabile con la natura umana, una voce di tonalità estranea alle orecchie di uomini di diverse nazionalità – una voce apparentemente incapace di pronunciare sillabe intelligibili. Cosa indicano questi aspetti messi insieme? Cosa fanno affiorare alla vostra immaginazione?"

A questa domanda di Dupin mi sentii accapponare la pelle.

“Un folle”, risposi, “un folle furioso fuggito da una *Maison de Santé* nelle vicinanze.”

“Per certi versi”, commentò Dupin, “la vostra non è un’ipotesi astrusa. Ma per quanto parossistica possa sembrare, anche la voce di un folle non è paragonabile a quella udita dai soccorritori. Anche i folli hanno una nazionalità. Possono esprimersi in modo incoerente, però pur sempre con parole. Eppoi, i capelli di un folle non somigliano a quelli che tengo qui in mano. Ho potuto prendere questo ciuffo dalle dita rigide e contratte di Madame L’Espanaye. Ditemi cosa ne pensate.”

“Dupin!” esclamai del tutto sconvolto, “ma non sono capelli, questi... non sono normali... non sono capelli umani!”

“Non ho mai sostenuto che lo fossero”, replicò Dupin. “Ma prima di approfondire questo aspetto, vi prego di dare un’occhiata allo schizzo che ho tracciato su questo foglio di carta. È un facsimile di quanto in una deposizione viene descritto come ‘lividi bluastri’ e ‘profonde unghiate’ riscontrate sul collo di Mademoiselle L’Espanaye, e di quanto altri (Dumas ed Etienne) descrivono come una serie di ‘lividi evidentemente provocati da pressione di dita’.”

Dupin stese il foglio sul tavolo. “Osservate come il disegno dia l’idea di una presa energica e continua. Non c’è segno di allentamento neppure momentaneo. Ciascun dito ha esercitato, forse fino alla morte della vittima, una terribile pressione sempre nello stesso punto. Ora provate a mettere ognuna delle vostre dita sulla rispettiva impronta, contemporaneamente.”

Provai, ma invano.

"Può essere", disse Dupin, "che non stiamo conducendo l'esperimento nel modo giusto. Il foglio è disteso sul tavolo, cioè su una superficie piana. La gola umana, invece, è cilindrica. Ma ecco un cilindro di legno la cui circonferenza corrisponde pressappoco a quella di un collo. Avvolgeteci il foglio di carta e riprovate."

Così feci, ma trovai ancora più difficoltà di prima.

"Le impronte di queste dita", dissi allora, "non possono essere quelle di un uomo."

"Ora", disse Dupin, "leggete questo brano scritto dal Cuvier."

Era una minuziosa descrizione anatomica del grande orangutan fulvo delle isole dell'India orientale. La sua gigantesca statura, la forza e l'agilità prodigiose, l'indicibile ferocia e le capacità imitative di questo mammifero sono note a tutti. Afferrai all'improvviso tutto l'orrore della vicenda.

"La descrizione delle dita", dissi appena terminata la lettura, "corrisponde esattamente allo schizzo. Nessun animale, a parte l'orangutan della specie qui descritta, avrebbe potuto lasciare impronte come quelle che avete riprodotto sul foglio di carta. Anche il ciuffo di peli corrisponde all'animale trattato dal Cuvier. E ciò nonostante, mi sfuggono i particolari di questo mistero terribile. Né va dimenticato che sono state udite *due* voci litigare, una delle quali apparteneva senza dubbio a un uomo di lingua francese!"

"Verissimo. Ricorderete certo un'esclamazione che tutti i testimoni riferiscono di avere udito: '*mon Dieu!*' Due parole che uno dei testimoni – il pasticciere Montani – ha giustamente, date le circostanze, interpretato come espressione di rimprovero, forse di supplica. Appunto su queste parole ho basato la mia speranza di risolvere fino in fondo l'enigma. Un francese, cioè, deve essere a conoscenza delle modalità del massacro.

È possibile – anzi, probabile – che non abbia partecipato direttamente al sanguinoso episodio. Forse, l'orangutan è sfuggito al suo controllo. Forse lui ne ha seguito le tracce fino in quella camera e poi, nelle terribili circostanze che sono intervenute, non ha potuto ricatturarlo. Quella belva è tuttora libera. Ma è inutile che io prosegua con queste ipotesi: non posso definirle diversamente dato che poggiano su barlumi di pensiero così tenui ch'io stesso riesco appena a coglierli. Mai potrei pretendere di imporli all'altrui mente. Definiamoli dunque congetture, e come tali affrontiamoli. Se come ritengo il francese coinvolto in questa vicenda è innocente delle atrocità commesse, l'inserzione che ieri sera, mentre rincasavamo, ho commissionato al *Le Monde* – un quotidiano che si occupa di traffici marittimi e che dunque è molto letto dai marinai – ce lo condurrà qui in casa nostra."

Mi porse un giornale e lessi:

CATTURATO

"Nelle prime ore del giorno... [si trattava proprio del giorno dei delitti] un gigantesco orangutan di colore fulvo, appartenente a una specie originaria del Borneo, è stato catturato nel Bois de Boulogne. Il proprietario dell'animale, che pare sia un marinaio che presta servizio su una nave maltese, potrà tornarne in possesso dopo averne fornito la descrizione e dopo avere versato una piccola somma per le spese della cattura e del mantenimento. Si prega rivolgersi in Rue..., numero..., Fauburg St.-Germain... terzo piano..."

"Come avete fatto a dedurre che si tratta di un marinaio, per giunta in servizio su una nave maltese?" domandai.

"Effettivamente non so se sia davvero così", rispose Dupin. "Non ne sono affatto certo. Ma vede questo nastrino? A giudicare dall'aspetto e dall'unto che lo ricopre, è servito a legare uno di quei lunghi codini che vanno di moda appunto tra i marinai. Questo nodo, poi, è molto particolare: difficile da fare per chi non sia marinaio ed è, oltre tutto, tipico dei maltesi. L'ho rinvenuto ai piedi del cavo parafulmini. Non è certo appartenuto a una delle due vittime. Ma se per caso mi sono sbagliato a proposito di questo nastrino, e quindi il francese non fa parte dell'equipaggio di una nave maltese, l'errore non si dimostrerà determinante. Se invece ho ragione, allora la mia ipotesi si rivelerà essenziale alla soluzione del dilemma. Il francese, che sa come si sono svolti i fatti, esiterà, pure essendo innocente, a rispondere alla mia inserzione e a venirsi a prendere il suo orangutan. Il suo ragionamento sarà questo: 'Sono innocente e sono povero. Il mio orangutan vale molto denaro: una fortuna, per un uomo come me. Perché rinunciarci quando la mia paura è probabilmente infondata? Eccolo qui, a portata di mano. È stato trovato al Bois del Boulogne, parecchio lontano dal luogo dei delitti. Come potrebbero sospettare che sono stati commessi da un animale selvatico? La polizia brancola nel buio, non ha saputo trovare neppure un indizio utile. Anche se risalisse al mio orangutan, come potrebbero dimostrare che sapevo dei delitti e incriminarmi? Eppoi, sanno chi sono. Chi ha fatto pubblicare l'annuncio mi indica come il proprietario dello scimmione. Fino a qual punto sappia, non lo so. Se non mi presento a reclamare il mio animale, e che sia mio è noto, ciò potrebbe indurre a dei sospetti pericolosi. Sarebbe un errore attrarre troppa attenzione su di me o sulla bestia. Quindi, meglio che io risponda all'annuncio e che mi riprenda il mio orangutan. Poi lo terrò chiuso finché tutta questa storia non sarà finita nel dimenticatoio.'"

Proprio in quell'istante sentimmo qualcuno che saliva le scale.

Dupin disse: "State pronto con le pistole, senza però servirvene. Mostratele solo quando ve ne darò il segnale."

Il portone era stato lasciato aperto, il visitatore era entrato senza suonare e aveva salito alcuni gradini. Adesso però sembrò esitare. Infatti, sentimmo che ridiscendeva. Dupin si affrettò verso la porta ma subito lo risentimmo salire. Non tornò indietro, questa volta, ma venne avanti deciso e bussò alla porta del nostro soggiorno.

"Avanti!" esclamò Dupin con voce allegra e cordiale.

Entrò un uomo che senza dubbio era un marinaio: alto, muscoloso, dall'aria spavalda, simpatico all'aspetto. Il volto, abbronzatissimo, era per metà nascosto dai favoriti e dai folti baffi. Teneva in mano un grosso bastone di legno di quercia, ma non sembrava altrimenti armato. Ci salutò con un inchino impacciato augurandoci la buonasera con un accento senz'altro francese che, sebbene alquanto imbastardito, ne indicava le origini parigine.

"Sedetevi, amico mio", lo invitò Dupin. "Immagino sia qui per il suo orangutan. Mi creda, quasi glielo invidio. Un animale stupendo, certamente di grande valore. Che età può avere, secondo voi?"

Il marinaio trasse un lungo sospiro, come chi si senta sollevato da un gran peso. Rispose con voce subito più sicura: "L'esatta età non la conosco, però non può avere più di quattro o cinque anni. È qui?"

"Certo che no. Come potrei tenerlo chiuso qua dentro? È custodito in una scuderia di Rue Dubourg. Potrete riprendervelo domattina. Immagino siate in grado di dimostrare che vi appartiene."

"Ma certo. Eccome!"

"Mi spiacerà separarmene", disse Dupin.

"Non voglio che tutta la pena che vi siete preso vada senza compenso", disse il marinaio. "Non lo permetterei mai. Sono pronto a versare una ricompensa per il ritrovamento – una ricompensa ragionevole, s'intende..."

"Ottimamente", disse il mio amico. "Giustissimo, anzi. Vediamo, quale può essere una ricompensa adeguata? Facciamo così: sarò io a stabilirla. La ricompensa che desidero è questa: mi racconterete tutto quello che sapete dei delitti della Rue Morgue."

Dupin pronunciò queste parole a voce molto bassa e con una calma olimpica. Sempre ostentando una grande tranquillità andò a chiudere la porta, mettendosi poi la chiave in tasca. Tirò fuori dal panciotto una pistola e, impassibile, la posò sul tavolo. Il marinaio arrossì violentemente, quasi stesse per soffocare. Si alzò in piedi, afferrò il suo bastone ma subito dopo si lasciò ricadere sulla sedia, scosso da un tremore violento, incapace di pronunciare una sola parola. Mi fece sinceramente pena.

"Amico mio", disse allora Dupin in tono cordiale, "vi assicuro che vi state allarmando senza motivo. Non intendiamo affatto nuocervi. Vi do la mia parola d'onore di gentiluomo e di francese, non nutriamo alcuna malevola intenzione. So benissimo che non siete colpevole delle atrocità commesse nella Rue Morgue, ma questo non significa che non vi siate in qualche modo coinvolto. Vi bastino queste parole per farvi comprendere che dispongo di informazioni le cui fonti non potreste mai immaginare. Voi non avete fatto nulla che avreste potuto evitare – nulla, certamente, che vi renda colpevole. Nessuno avrebbe potuto impedirvi di rubare, ma non l'avete fatto. Non avete alcunché da nascondere. Non avete nessun motivo per farlo. Ogni criterio di onore vi obbliga comunque a dire quel che sapete. In questo momento un innocente si trova in carcere, accusato dei delitti di cui voi potete indicare l'autore vero."

Mentre Dupin pronunciava queste parole, il marinaio aveva recuperato gran parte della sua presenza di spirito. Era peraltro svanita tutta la sua iniziale baldanza.

"Che Dio mi aiuti!" disse dopo una breve pausa. "Sì, vi dirò tutto quello che so. Non spero nemmeno che crediate alla metà delle mie parole, sarei un folle se lo sperassi! Eppure, sono innocente davvero. Voglio dire tutto, anche se dovessi rimetterci la testa."

Ecco il suo racconto.

Aveva compiuto di recente un viaggio nell'arcipelago indiano. Lui e altri marinai erano sbarcati a Borneo, e poi si era spinto nell'interno per una gita di piacere. Insieme a un suo amico aveva catturato l'orangutan. L'amico poi era morto, così la bestia era rimasta di sua esclusiva proprietà. Dopo non poche traversie incontrate durante il viaggio di ritorno a motivo dell'indomabile ferocia dello scimmione, era riuscito a metterlo al sicuro nella sua abitazione a Parigi. Non volendo attirare la curiosità imbarazzante del vicinato aveva tenuto l'animale sempre nascosto, in attesa che guarisse da una ferita al piede che, a bordo della nave, gli era stata causata da una scheggia di legno. Dopo, era sua intenzione venderlo.

Una notte – anzi, un mattino all'alba, quello dei delitti – era rincasato dopo avere fatto baldoria con degli amici marinai e aveva trovato la bestia nella sua camera da letto, dove era penetrata dallo stanzino attiguo nel quale l'aveva rinchiusa ritenendolo un rifugio sicuro. Aveva dunque trovato l'animale col rasoio in mano, il muso insaponato, che tentava di radersi davanti allo specchio, certo per imitare il padrone che doveva avere osservato spiando dal buco della serratura. Impaurito nel vedere quell'arma pericolosa in mano a uno scimmione feroce e capace di farne uso, l'uomo era rimasto come immobilizzato. In altre occasioni, quando la bestia si era infuriata, aveva saputo domarla a colpi di frusta. Decise di farlo anche stavolta. Ma appena vide la frusta l'orangutan scardinò la porta della camera e scese a precipizio le scale; poi, attraverso una finestra lasciata purtroppo spalancata, fuggì nella strada.

Il francese lo inseguì in preda alla disperazione. La colossale scimmia, sempre col rasoio in mano, si fermava ogni tanto gesticolando verso il suo inseguitore. Sembrava aspettare di essere quasi raggiunto, poi d'un tratto riprendeva la fuga. L'inseguimento andò avanti così per molto tempo. Saranno state le tre del mattino e le vie della città erano deserte.

Quando l'animale attraversò un vicolo dietro la Rue Morgue vide una luce provenire dalla finestra della camera di Madame L'Espanaye, al quarto piano. Subito si catapultò verso il muro, scorse il cavo parafulmine, ci si arrampicò con un'agilità incredibile, si afferrò all'imposta che in quel momento era completamente spalancata e tutta appoggiata al muro esterno, e da lì si lanciò dentro la stanza, proprio sopra la testiera del letto. Tutto avvenne in meno di un minuto. L'imposta era stata rispalancata dallo scimmione con un calcio nell'istante stesso in cui saltava nella stanza.

Il marinaio aveva osservato ogni cosa preoccupato, ma anche più fiducioso. Ora aveva una speranza di riuscire a riprendere il suo orangutan, che difficilmente avrebbe potuto uscire dalla trappola in cui si era cacciato se non ricorrendo al cavo – l'avesse fatto, sarebbe stato facile bloccarlo. Però c'era anche di che avere timore: lo scimmione avrebbe potuto commettere chissà quali danni nella casa. Questo pensiero convinse l'uomo a persistere nell'inseguimento. Per un marinaio non è difficile arrampicarsi lungo un cavo. Quando però si trovò all'altezza della finestra, che stava sulla sua sinistra e non era affatto vicina, si trovò in una posizione difficile. Riuscì solo a sporgersi quel tanto da dare un'occhiata all'interno della stanza.

La scena che vide era talmente orrenda che per poco non abbandonò la presa. Fu proprio in quel momento che si levarono le urla che avevano svegliato di soprassalto gli abitanti della Rue Morgue. Madame L'Espanaye e sua figlia, pronte per la notte, erano occupate a riordinare dei documenti in una cassettina di sicurezza e che era stata portata in mezzo alla stanza. Il marinaio vide la cassettina aperta e il contenuto sparpagliato sul pavimento. Probabilmente quando l'animale era penetrato nella camera le donne stavano di spalle rispetto alla finestra. Quasi sicuramente non l'avevano visto subito. Forse avevano attribuito al vento il rumore dell'imposta che sbatteva.

Quando il marinaio guardò nella camera, il gigantesco scimmione aveva preso Madame L'Espanaye per i capelli e le stava agitando il rasoio davanti agli occhi, imitando i gesti di un barbiere. La figlia stava in terra, immobile, evidentemente svenuta. Le urla dell'anziana signora, che si dibatteva strenuamente (fu allora che le vennero strappati i capelli) infuriarono l'orangutan il quale, inizialmente, aveva probabilmente avuto intenzioni pacifiche. Con un colpo assassino del braccio possente le staccò quasi la testa. Vedendo il sangue, l'animale da furioso divenne frenetico. Digrignando i denti, gli occhi in fiamme, si buttò sul corpo della giovane svenuta affondandole gli artigli in gola e stringendo sinché non fu morta. Lo sguardo furente e selvaggio dell'animale in quel mentre si spostò verso il letto, al di là del quale scorse il volto del padrone, che lo guardava paralizzato dall'orrore. Lo scimmione allora si ricordò probabilmente della frusta, e la sua furia si tramutò in paura. Capiva di essersi meritato una punizione e, come volendo nascondere le tracce del suo operato, prese a saltare per la camera, rovesciando e frantumando i mobili, gettando via i materassi dal letto. Poi afferrò il cadavere della giovane e lo issò su per il camino, così come fu trovato; prese quello della vecchia madre e lo gettò come un fuscello dalla finestra.

Quando l'orangutan si avvicinò alla finestra col suo fardello martoriato, il marinaio si ritrasse inorridito verso il cavo parafulmine e calandosi a terra precipitosamente fuggì fino a casa, senza mai fermarsi. Temendo le conseguenze del massacro, sconvolto dal terrore, abbandonò lo scimmione al suo destino. Le voci che i soccorritori avevano udito salendo le scale erano le sue esclamazioni di orrore miste ai mugolii selvaggi dell'animale.

Non c'è granché da aggiungere. L'orangutan doveva a sua volta essere fuggito dall'edificio mediante il cavo, appena prima che la porta della camera venisse abbattuta. Passando dalla finestra doveva averla richiusa. Fu catturato in seguito dal suo stesso proprietario, che ne ricavò una discreta somma vendendolo al *Jardin des Plantes*. Le Bon fu scagionato immediatamente dopo che esponemmo i fatti – con qualche commento da parte di Dupin – nell'ufficio del prefetto di polizia. Questo autorevole funzionario, pur ben disposto verso il mio amico, non seppe celare il suo disappunto nel vedere come si era dipanata tutta la questione e non seppe trattenersi dal pronunciare una battuta sarcastica sulle persone che mettono il naso nelle indagini altrui.

"Lasciamolo dire", commentò Dupin che alla battuta aveva preferito non replicare. "Lasciamolo alle sue chiacchiere. Serviranno ad alleggerirgli la coscienza. A me basta sapere di averlo sconfitto sul suo stesso terreno. Comunque sia, il fatto che non abbia saputo sbrogliare questo mistero non è poi così sorprendente come gli piace pensare. Difatti, il nostro caro prefetto è troppo scaltro per essere profondo. La sua saggezza è priva di *stamen*. Tutta testa e niente corpo, come le immagini che raffigurano la dea Laverna; o, meglio, tutta testa e spalle, come i merluzzi. Ma in fondo è un gran brav'uomo. Adoro in modo particolare quella sua magistrale faccia tosta che gli ha meritato la fama di persona geniale. Mi riferisco a quel suo modo di *nier ce qui est, et d'expliquer ce qui n'est pas* – di negare ciò che è, e di spiegare ciò che non è!"

IL MISTERO DI MARIE ROGÊT

(Continuazione de
I delitti della Rue Morgue)

*Vi sono avvenimenti ideali che si dipanano in modo parallelo
a quelli reali, coincidendo solo di rado con essi.
Il corso ideale degli eventi è di solito modificato dagli uomini
e dalle circostanze, cosicché ci appare altrettanto imperfetto
delle conseguenze che reca.
È quanto si verificò con la Riforma:
in luogo del Protestantesimo giunse il Luteranesimo.*

Novalis, *Moralische Ansichten*

Nota dell'Autore

Quando per la prima volta *Il mistero di Marie Rogêt* fu dato alle stampe non sembrò necessario apporvi questa nota, che accompagna invece l'attuale edizione. Ma il lungo tempo trascorso dalla tragedia che sta alla base del racconto la rendono ora opportuna. Una giovane, Mary Cecilia Rogers, venne assassinata nei pressi di New York. La sua morte suscitò emozione profonda, ma il mistero che la circondava permaneva fitto quando, nel novembre del 1842, questo racconto venne scritto e per la prima volta pubblicato. L'autore, nella finzione narrativa, racconta le vicende di una grisette parigina, ma in effetti ripercorre i fatti relativi all'assassinio di Mary Rogers. Pertanto, gli argomenti che scaturiscono dal racconto immaginario possono applicarsi alla vicenda reale. L'obiettivo dell'autore era la ricerca della verità. Il mistero di Marie Rogêt è stato scritto lontano dai luoghi dove fu commesso quel delitto, sulla base unicamente di quanto scrivevano i giornali. Quindi, all'autore non è stato possibile utilizzare quei particolari che avrebbe potuto cogliere visitando i luoghi in cui si era svolta la vera vicenda. Ma è opportuno ricordare che le confessioni di due persone (una delle quali è la Madame Deluc del racconto), rese in periodi diversi, molto tempo dopo la prima pubblicazione del racconto, hanno confermato in modo pieno non soltanto la conclusione generale, ma anche tutti i principali particolari ipotizzati nel racconto e che hanno indotto l'autore a formulare le conclusioni che in esso espone.

Poche persone, anche tra gli intellettuali più attenti, non sono state prima o poi indotte a credere più o meno vagamente al soprannaturale da una serie di coincidenze apparentemente così inspiegabili epperò così inconfutabili che la mente non riesce ad accettarle come mere coincidenze. Subentrano in questi casi delle sensazioni, giacché non si tratta mai di convinzioni del pensiero – sensazioni che è arduo reprimere se non riferendosi alla legge del caso, quella che nel gergo specialistico è definita come "calcolo delle probabilità". Si tratta di una legge primariamente matematica – ne consegue un'anomala situazione in cui il rigore scientifico viene applicato alla più impalpabile, fluttuante spiritualità della ricerca speculativa.

Gli straordinari fatti che mi accingo a raccontare costituiscono, nella loro sequenza temporale, il nucleo principale d'una serie di *coincidenze* di per sé assai poco interpretabili, che hanno però un loro nucleo secondario ovvero conclusivo, come i lettori potranno facilmente percepire, nell'assassinio avvenuto a New York di Mary Cecilia Rogers.

Un anno fa, quando in uno scritto intitolato "I delitti della Rue Morgue" tracciai un profilo delle eccezionali facoltà del mio amico, il cavaliere C. Auguste Dupin, non prevedevo la possibilità di riprendere quel tema. Avevo avuto unicamente l'intento di tratteggiare l'eccezionale personalità del mio amico, e ci riuscii mediante la narrazione di una vicenda che poneva in evidenza, appunto, le peculiarità particolarissime di Dupin. Avrei certo potuto citare molti altri esempi, che però avrebbero aggiunto poco al mio ragionamento. Tuttavia, alcuni recenti episodi dagli inusitati sviluppi mi stimolano a porgere ai lettori altri particolari, che potranno parere quasi una confessione estorta. Avendo però avuto modo di ascoltare quanto recentemente ho ascoltato, sarebbe davvero strano se non divulgassi quanto già molto tempo fa avevo avuto modo di udire e di vedere.

Appena si fu concluso l'episodio tragico della morte di Madame L'Espanaye e di sua figlia, il cavalier Dupin non badò più alla faccenda e tornò alla sue abituali, elitarie fantasticherie. Portato com'ero a mia volta all'astrazione, continuai a condividere i suoi umori. Restammo nell'appartamento del Fauburg St.-Germain, lasciammo le future cose in balia dei venti e ci mettemmo comodi nel Presente, ricamando di sogni quanto di reale ci circondava. Ma i nostri sogni s'interruppero presto. L'intervento del mio amico nei fatti sanguinosi della Rue Morgue aveva colpito la fantasia della polizia parigina. In quell'ambiente il nome di Auguste Dupin circolava ormai moltissimo. Il procedimento induttivo, di per sé semplicissimo, con cui aveva risolto il mistero della Rue Morgue era stato spiegato a me, non certo al prefetto o a qualche altro esponente delle autorità. Non deve dunque meravigliare se la soluzione della faccenda appariva miracolosa in quegli ambienti e se le capacità analitiche del mio amico gli conferissero ormai fama di persona dotata di intuito assolutamente straordinario. La sincerità che gli era propria lo avrebbe sicuramente indotto a dissolvere tutte quelle impressioni, ma l'indolenza che pure gli apparteneva l'avevano spinto, come dicevo, a non badare più a quella storia. Ma proprio grazie a quel successo Dupin era ormai diventato un punto di riferimento per la polizia né mancarono reiterati tentativi di indurlo a lavorare proprio per la Prefettura. Uno di questi tentativi riguardò l'omicidio della giovane Marie Rogêt.

L'episodio si presentò un paio d'anni dopo la tragedia della Rue Morgue. Marie era l'unica figlia della vedova Estelle Rogêt e aveva perduto il padre ancora bambina; da allora, fino a un anno e mezzo prima del delitto, era vissuta in Rue Pavée Saint-André con la madre, la quale gestiva una pensione aiutata appunto da Marie. La vita, per le due donne, si dipanò così fin quando la fanciulla, compiuti i ventidue anni, non attrasse, a motivo della sua spiccata bellezza, le attenzioni di un commerciante di profumi che teneva bottega sotto i portici del Palais Royal e che tra i suoi clienti annoverava parecchi ambigui avventurieri di quelle zone. Questo Monsieur Le Blanc aveva subito intuito i vantaggi che gli sarebbero provenuti dalla presenza, nella sua profumeria, della bella Marie e così avanzò proposte di lavoro generose che Marie accettò con entusiasmo, e che invece sua madre accolse con notevoli dubbi ed esitazioni.

Il commerciante aveva visto giusto: le sale della sua profumeria divennero famose proprio grazie alla presenza della spumeggiante *grisette*. Marie lavorava dunque nella profumeria da un anno quando i suoi ammiratori furono sconcertati per la sua improvvisa scomparsa dal negozio. Le Blanc non seppe proprio spiegare l'assenza della sua bella commessa e la madre, madame Rogêt, era fuori di sé per l'ansia e la paura. I giornali diedero subito spazio alla notizia e la polizia stava per avviare le indagini quando una mattina, più bella che mai e in perfetta salute, Marie ricomparve al suo posto nella profumeria. Le indagini proseguirono nell'ambito del privato. Monsieur Le Blanc confermò di non essere a conoscenza di nulla. Marie, e sua madre, rispondevano alle domande spiegando che la ragazza aveva trascorso una settimana in campagna, ospite di certi parenti. L'episodio pian piano scivolò nel dimenticatoio e Marie, proprio per sottrarsi alla generale curiosità, si accomiatò dal profumiere e tornò da sua madre in Rue Pavée Saint-André.

Qualcosa come cinque mesi dopo il suo ritorno nella casa materna ci fu di nuovo allarme tra i suoi amici – Marie era scomparsa una seconda volta. Non si ebbero sue notizie per tre giorni. Poi, il quarto giorno, il suo cadavere fu ripescato nella Senna proprio davanti alla Rue Saint-André, in un punto non distante dalla poco frequentata zona della Barrière du Roule.

Apparve subito chiaro che si trattava di omicidio, e la giovane età della vittima, la sua bellezza e la notorietà raccolta al tempo della precedente scomparsa, contribuirono ad accendere l'animo sensibile dei parigini. Non ricordo episodi analoghi che sortirono effetti altrettanto intensi. La curiosità suscitata dall'appassionante vicenda fece dimenticare per diverse settimane finanche gli avvenimenti politici più gravi. Il prefetto intervenne in modo straordinario, mobilitando l'intero apparato della polizia parigina.

Dopo il rinvenimento del cadavere tutti erano sembrati convinti che l'arresto dell'omicida fosse solo questione di ore, dato appunto l'imponente dispiegamento di forze messo in atto per la sua cattura. Ma dopo una settimana si ritenne necessario apporre una taglia – anche se di solo mille franchi. Le indagini comunque andavano avanti con grande determinazione, anche se non sempre improntate al raziocinio. Si interrogarono molte persone, senza però alcun risultato apprezzabile. L'opinione pubblica reagiva con sempre maggiore insofferenza alla mancanza di elementi che chiarissero il mistero. Dopo dieci giorni la taglia venne raddoppiata – e dopo un paio di sterili settimane, quando ormai i cattivi giudizi dei parigini, notoriamente restii a sostenere la loro polizia, si erano fatti prorompenti al punto da suscitare veri e propri disordini, il prefetto intervenne personalmente promettendo ventimila franchi a "chiunque denunci l'omicida" o, nel caso vi fossero più persone coinvolte nel delitto, a "chiunque denunci uno qualsiasi degli assassini". Nell'annunciare la taglia il prefetto precisò anche che il complice delatore avrebbe ottenuto il perdono. Ovunque il manifesto comparve fu accompagnato da un annuncio privato emanato da un comitato di cittadini il quale offriva ulteriori diecimila franchi come taglia aggiunta. Quindi, si trattava ora di una taglia di complessivi trentamila franchi – una bella somma, considerate le umili estrazioni della vittima e la frequenza con cui a Parigi avvenivano delitti non dissimili da questo.

Tutti erano certi che ormai il mistero sarebbe stato dissolto. Vennero operati un paio di arresti ritenuti utili al prosieguo delle indagini, ma i fermati dovettero essere ben presto rimessi in libertà non essendo emerso nulla a loro carico.

Potrà sembrare strano, ma nonostante tutto il rumore che la vicenda suscitava a tre settimane dal ritrovamento del cadavere, e sebbene nulla di preciso fosse ancora emerso dal mistero, il mio amico Dupin e io della storia non avevamo ancora udito nulla. Impegnati da quasi un mese in certi studi sui quali era concentrata tutta la nostra attenzione, non uscivamo di casa né ricevevamo visite. I giornali li scorrevamo con distratta frettolosità. Fu G. in persona a recarci le prime notizie del caso. Venne infatti a farci visita il 13 luglio del 18... e si trattenne con noi sino a notte inoltrata. Il fatto che gli assassini non fossero stati ancora individuati era per lui motivo di profonda irritazione. C'era in gioco, spiegò con foga tipicamente parigina, la sua reputazione – anzi, il suo onore! L'opinione pubblica teneva gli occhi puntati su di lui. Insomma, pur di risolvere quel mistero era disposto a qualsiasi sacrificio. Concluse il suo sfogo, che trovai piuttosto buffo, con un complimentoso giro di parole riferito al "tatto" di Dupin, dopodiché gli fece esplicitamente, e generosamente, una proposta i cui termini non sono autorizzato a riferire e che del resto c'entrano poco col tema di questo mio resoconto.

Il mio amico evitò garbatamente i complimenti, ma accettò la proposta che gli offriva vantaggi peraltro del tutto temporanei. Il prefetto, dunque, una volta fissato l'accordo si lanciò in una serie di spiegazioni e di commenti, non tralasciando le deposizioni fin lì raccolte. Parlò a lungo, dimostrando peraltro tutta la sua esperienza. Ogni tanto io intervenivo con qualche piccola osservazione, mentre le ore della sera si susseguivano lente. Dupin rimaneva immobile nella sua solita poltrona, vero e proprio ritratto di rispettosa attenzione. Non si tolse neppure per un istante gli occhiali da sole che spesso indossava e gettando per caso uno sguardo dietro le lenti verdi mi convinsi che in effetti aveva dormito durante tutto il resoconto del prefetto.

La mattina dopo andai in Prefettura per prendere in consegna un rapporto completo su tutte le prove e gli indizi disponibili. Poi passai dalle redazioni dei diversi giornali dove mi procurai una copia di tutti i quotidiani che dall'inizio della vicenda avevano pubblicato in qualsiasi forma notizie sulla vicenda. Fatta un'attenta cernita e scelti gli articoli che le svariate indagini e i fatti emersi non avevano smentito, ecco come la faccenda si presentava.

Marie Rogêt aveva lasciato l'abitazione materna in Rue Pavée Saint-André alle nove del mattino del 22 giugno 18... Uscendo aveva confidato a Monsieur Jacques Saint-Eutache, e soltanto a lui, d'essere intenzionata a rimanere tutta la giornata da sua zia, in Rue des Drômes, una via angusta e breve ma di gran passaggio, non lontana dalla Senna, a tre chilometri circa dalla pensione di Madame Rogêt. Questo Monsieur Saint-Eustache era il fidanzato ufficiale della giovane Marie, e risiedeva a tutti gli effetti presso la pensione. Erano rimasti d'accordo che prima di sera lui sarebbe andato a prendere Marie per ricondurla a casa. Ma quel pomeriggio era cominciato a piovere a dirotto e l'uomo aveva pensato che, come del resto in circostanze analoghe era già successo, Marie avrebbe finito col pernottare dalla zia, e quindi non era andato a prenderla come previsto. Quando era ormai calato il buio Madame Rogêt (settantenne e malata) fu udita esprimere il timore che "mai più avrebbe rivisto Marie". Nessuno aveva badato più di tanto a quelle parole.

Il lunedì si apprese che Marie non si era mai presentata dalla zia in Rue des Drômes. Quando poi la giornata trascorse senza sue notizie, si cominciò a cercare, certo tardivamente, in diversi punti della città. Ma dovettero trascorrere quattro giorni dalla scomparsa prima che cominciassero a emergere dati concreti. Il 25 giugno, un mercoledì, un certo Monsieur Beauvais che insieme a un amico stava cercando la ragazza scomparsa nei pressi della Barrière du Roule, lungo la Senna davanti alla Rue Pavée Saint-André, venne a sapere che alcuni pescatori avevano appena tratto a riva un cadavere visto galleggiare nel fiume. Appena Beauvais vide quel corpo lo riconobbe, però con qualche esitazione, per quello dell'ex commessa della profumeria. Il suo amico, invece, lo identificò senza alcuna incertezza.

Il viso della fanciulla era coperto di sangue rappreso, che sembrava essere fuoriuscito in parte dalla bocca. Non c'era nessuna di quelle tracce di bava che sempre si riscontrano nei casi di annegamento. Nessuna perdita di colore nei tessuti. Si notarono intorno al collo lividi e scalfitture lasciate evidentemente da dita. La morta teneva le braccia rigidamente contratte sul seno. La mano destra era chiusa a pugno, quella sinistra appariva semiaperta. Sulla mano sinistra furono osservate alcune escoriazioni, quasi che fossero state provocate da numerosi legacci oppure da una corda fatta passare più volte intorno al polso. Graffi ed escoriazioni erano evidenti anche su un lato del polso destro, sul dorso e in modo particolare sulle scapole. I pescatori erano ricorsi a delle corde per tirare a riva il cadavere, ma non erano state queste a produrre le escoriazioni. Il collo della vittima appariva particolarmente gonfio. Nessuna traccia di ferite da armi da taglio né ecchimosi che potessero essere fatte risalire a colpi violenti. Intorno al collo era stato stretto un laccio, e non era facile notarlo talmente era affondato nella carne. Lo avevano annodato proprio sotto l'orecchio sinistro. Sarebbe bastato quel laccio a provocare la morte. Il medico legale accertò che la defunta era stata violentata. Il cadavere, al momento del rinvenimento, appariva in condizioni da poter essere riconosciuto da chi aveva frequentato in vita la ragazza.

Gli indumenti erano stati strappati in diversi punti e apparivano comunque in disordine. Una striscia della gonna larga una trentina di centimetri era stata strappata dall'orlo alla vita, però non completamente – appariva infatti girata più volte a mo' di cintura e poi annodata dietro la schiena. Un'altra fascia di stoffa, larga circa cinquanta centimetri, era stata strappata con molta attenzione e precisione dalla sottoveste di mussola e poi avvolta intorno al collo dov'era stata fermata da un nodo strettissimo. Alla striscia di mussola e a quella ricavata dalla gonna erano attaccati i nastri del cappello, rimasto lì appeso. Questi nastri erano stati legati con un nodo più da marinaio che da signora.

Dopo il riconoscimento il cadavere non era stato portato all'obitorio, come in questi casi di solito succede, bensì sepolto in tutta fretta non lontano dal punto in cui era stato ripescato dal fiume. Grazie ai buoni uffici di Beauvais tutta la questione fu messa a tacere e trascorsero parecchi giorni prima che se ne impossessasse l'opinione pubblica. Fu un settimanale a rispolverare la storia di Marie. Dopodiché il corpo venne riesumato e ripartì l'inchiesta. Ma non emersero fatti nuovi. I vestiti trovati indosso alla morta furono riconosciuti dalla madre e dagli amici di Marie per quelli che indossava la mattina quando era uscita di casa.

Intanto la gente si appassionava sempre più al caso. Vennero operati numerosi fermi ma tutte le persone furono poi rimesse in libertà. I sospetti sembrarono accentrarsi su Saint-Eustache, che in un primo momento non aveva saputo spiegare cosa avesse fatto quella domenica. Ma poi seppe fornire a Monsieur G. una serie di testimonianze che documentavano i suoi spostamenti di quella domenica, ora per ora. I giorni passavano senza che si registrassero sviluppi nelle indagini. Le voci si susseguivano, spesso contraddittorie. I cronisti si lasciavano andare alle più svariate congetture. Suggestiva era quella che voleva Marie ancora viva e che il corpo rinvenuto nella Senna fosse di qualche altra sventurata. Ecco alcuni brani che avanzano tale ipotesi e che sono tratti fedelmente dall'*Etoile*, un giornale assai prestigioso:

"Mademoiselle Rogêt è uscita dall'abitazione materna la mattina di domenica 22 giugno 18..., affermando di volersi recare in visita da una zia o da un qualche altro parente in Rue des Drômes. Da quel momento pare che nessuno l'abbia più veduta.

Nessuna traccia, nessuna notizia – nessuno che si sia presentato per riferire di averla incontrata quella domenica dopo che aveva lasciato l'abitazione della madre... Se è vero che non si hanno prove che dopo le nove di quella domenica Marie fosse ancora viva, è altrettanto vero che prima delle nove lo era. Il mercoledì seguente, a mezzogiorno, il cadavere di una donna affiorò nella Senna, non lontano dalla Barrière du Roule. Supponendo che Marie Rogêt sia stata buttata nel fiume tre ore dopo essere uscita di casa la domenica 22 giugno, il suo cadavere è stato dunque avvistato esattamente tre giorni dopo. Ma perché mai dovremmo supporre che il delitto – se di delitto si tratta – sia stato perpetrato con modalità e tempi tali da consentire ai criminali di buttare il cadavere nel fiume prima della mezzanotte? Gli autori di delitti così orribili preferiscono di solito il buio alla luce... Pertanto, se il cadavere nel fiume era davvero quello di Marie Rogêt, stava in acqua da non più di due giorni e mezzo, al massimo da tre giorni. L'ampia casistica a disposizione dimostra che i cadaveri degli annegati, o delle persone uccise e poi gettate in acqua, riaffiorano dopo non meno di sei, dieci giorni. Anche quando un cadavere riaffiora sull'onda di una qualche esplosione, se non sono trascorsi almeno sei giorni dal decesso finisce col riaffondare. Dunque, bisogna chiedersi come mai in questo caso il corpo si è comportato in modo tanto anomalo. Se quel povero cadavere martoriato fosse rimasto a riva fino alla notte di martedì, sicuramente nei paraggi si sarebbe trovata una qualche traccia degli assassini. E se poi l'avessero buttato in acqua a due giorni dal decesso, è assai dubbio che sarebbe potuto riaffiorare così presto. D'altronde è piuttosto improbabile che i criminali abbiano deciso di buttare in acqua il corpo senza appesantirlo in modo da farlo scendere subito sul fondo."

A questo punto del suo articolo il cronista sosteneva che il cadavere doveva essere rimasto in acqua non "tre giorni soltanto, ma cinque volte quel tempo." Infatti, era apparso talmente decomposto che Beauvais l'aveva identificato dopo molte esitazioni. Ma quest'ultimo punto trovò peraltro una chiara smentita. Ecco come proseguiva l'articolo in questione:

"Dunque, Monsieur Beauvais sostiene di non nutrire alcun dubbio circa il fatto che il corpo sia quello di Marie Rogêt. Ma in base a quali fatti? Egli spiega che dopo avere strappato la manica del vestito della morta riscontrò dei segni che lo convinsero che quello era effettivamente il corpo della giovane Marie. Il pubblico ha pensato che quei segni fossero delle cicatrici. In realtà Beauvais, strofinando il braccio della morta, aveva riscontrato la presenza di peli – particolare oltremodo vago, e indicativo quanto il trovare un braccio infilato in una manica. Quella sera Beauvais non rincasò. Alle diciannove di quel mercoledì fece sapere a Madame Rogêt che le indagini per la scomparsa della figlia continuavano. Pur ammettendo (ed è ammettere tanto!) che Madame Rogêt fosse troppo vecchia e troppo malata per muoversi, come mai nessun altro parente o amico si preoccupò di partecipare alle ricerche? In Rue Pavée Saint-André nessuno, neppure gli inquilini della pensione, udirono notizie o discorsi in

questo senso. Monsieur Saint-Eustache, sposo promesso di Marie, domiciliato nella pensione gestita dalla Rogêt, ha dichiarato di avere saputo del ritrovamento del corpo dell'innamorata solo la mattina seguente, quando Monsieur Beauvais entrò in camera sua per informarlo. Pare anche che di fronte a una notizia del genere il Saint-Eustache abbia reagito con freddezza se non con indifferenza."

Così commentando i fatti, il giornale voleva indicare una sorta di passività nella famiglia di Marie – una passività poco comprensibile, dato che erano tutti convinti che il cadavere fosse proprio quello della fanciulla. Insomma, il giornale insinuava che Marie, con la complicità di persone amiche, si fosse allontanata da Parigi per motivi che potevano compromettere la sua onorabilità; quindi, i suoi amici dopo la scoperta nella Senna di un cadavere che poteva sembrare quello della fanciulla, avevano come si suol dire "colto la palla al balzo" facendo passare per morta la bella Marie.

Però, i cronisti dell'*Etoile* erano stati troppo precipitosi nelle loro conclusioni. Si capì subito che non c'era alcuna passività da parte della famiglia – l'anziana Madame Rogêt era davvero molto malata, e così sconvolta da non sapere reagire. Quanto a Saint-Eustache, risultò tutt'altro che indifferente ed era anzi stravolto dal dolore al punto che Monsieur Beauvais l'aveva affidato a un parente affinché ne avesse cura e gli impedisse di andare a vedere la salma dopo la riesumazione. L'*Etoile* aveva scritto che il cadavere era stato risepolto a spese pubbliche, che la famiglia aveva respinto una generosa offerta privata per fare fronte alle incombenze e che poi nessun famigliare si era presentato alla mesta cerimonia. Ebbene, tutto ciò venne successivamente smentito senz'ombra di dubbio. Anzi, il quotidiano avanzò in seguito sospetti sullo stesso Beauvais:

"Ci sono nuovi sviluppi. Abbiamo appreso che nei giorni scorsi mentre una tal Madame B. si trovava in visita da Madame Rogêt, Monsieur Beauvais uscendo le disse che di lì a poco sarebbe arrivato un funzionario di polizia e la pregava di non riferire nulla al poliziotto finché lui, Monsieur Beauvais, non fosse rientrato. Così come oggi si presentano le cose, tutto pare essere gestito da questo Monsieur Beauvais. Non c'è aspetto dell'indagine che non lo veda partecipe. C'è sempre e comunque lui. Chissà perché, sembra avere deciso che dell'indagine deve occuparsi lui e ha allontanato tutti i parenti maschi della ragazza scomparsa. Si è opposto a ogni loro tentativo di vedere il cadavere."

Un fatto in particolare contribuì ad accentrare i sospetti su Beauvais. Pochi giorni prima della scomparsa della giovane qualcuno si era recato presso l'ufficio dell'uomo trovandolo chiuso. Aveva guardato dal buco della serratura e aveva intravisto una rosa al lato di una piccola lavagna con su scritto il nome *Marie*.

Ma nell'insieme i giornali propendevano per quest'ipotesi: Marie Rogêt era caduta vittima di alcuni delinquenti i quali, dopo averla portata in riva alla Senna, l'avevano sottoposta a violenze e uccisa. *Le Commerciel*, un quotidiano che incideva molto nell'opinione pubblica, si era schierato contro questa versione. Cito qui di seguito alcuni brani dei suoi articoli:

"Siamo convinti che sinora si siano seguite piste fuorvianti, per esempio quella che conduce alla Barrière du Roule. Non è possibile che una giovane conosciutissima quale era questa ragazza, possa avere attraversato tre isolati senza che nessuno l'abbia notata. E se qualcuno l'avesse notata non potrebbe non ricordarlo, giacché Marie Rogêt attirava sempre gli sguardi. Quando Marie uscì quel giorno dalla casa materna le vie brulicavano di gente e non è davvero possibile che possa essere arrivata fino alla Barrière du Roule, in Rue des Drômes, senza che nessuno la individuasse. Ma sappiamo che nessuno, finora, si è fatto avanti per dire di averla vista. Non esiste alcuna prova che sia uscita di casa, se non la testimonianza sul proposito espresso dalla ragazza di andare a trovare una parente.

"[...] Il vestito risultò strappato e il brandello di stoffa avvolto intorno al corpo e poi annodato in modo che il cadavere potesse essere trascinato dalla corrente come un fagotto. Se l'assassinio fosse stato davvero perpetrato alla Barrière du Roule, a quale scopo tutto ciò? Il fatto che il corpo sia stato rinvenuto mentre galleggiava nei pressi della Barrière non significa che la vittima sia stata uccisa in quel luogo [...] Anche un pezzo della sottoveste della poveretta, lungo una sessantina di centimetri e largo trenta, è risultato strappato e poi annodato sotto il mento e intorno alla nuca, probabilmente a mo' di bavaglio perché non gridasse. Deve sicuramente essere stata opera di qualcuno che non tiene abitualmente in tasca fazzoletti..."

Un paio di giorni prima che il prefetto venisse a interpellare il mio amico Dupin, la polizia aveva appreso particolari che sembravano negare quanto meno parzialmente le ipotesi avanzate dal *Commerciel*. Due bimbi, figli di una tale Madame Deluc, mentre erano intenti a giocare si erano addentrati nei boschetti vicino alla Barrière e si erano imbattuti in tre o quattro grossi sassi accostati in modo da formare una sorta di sedile con schienale e poggiapiedi. Sul sasso più alto stava appoggiata una sottoveste bianca, su un altro uno scialle di seta. Furono anche rinvenuti un parasole, un paio di guanti e un fazzoletto da taschino. Sul fazzoletto era ricamato il nome *Marie Rogêt*. Sui cespugli tutt'intorno furono scoperti diversi brandelli di stoffa. Il terreno, poi, appariva smosso, vari ramoscelli erano stati spezzati e sembrava insomma che in quel punto alcune persone avessero lottato. Tra il boschetto e la Senna vennero riscontrate delle staccionate abbattute e sul terreno tracce del passaggio di un carico pesante, come se fosse stato trascinato.

Di lì a poco un settimanale, *Le Soleil*, riassunse in un articolo i commenti di praticamente tutta la stampa quotidiana:

"Risulta evidente da com'erano ricoperte di muffa che tutte quelle cose si trovavano sul luogo quanto meno da tre o quattro settimane. L'erba, crescendo, aveva avuto il tempo di ricoprirle in parte. Sebbene la seta del parasole fosse di qualità resistente, i fili nella parte interna apparivano consunti e la parte superiore, piena di pieghe, era ammuffita e marcescente, al punto da strapparsi quando poi il parasole venne aperto... I brandelli

del vestito, strappati dai rovi, avevano una larghezza di circa sei, sette centimetri ed erano lunghi una quindicina di centimetri. Uno di questi lembi era stato strappato dall'orlo della sottoveste, l'altro sempre dalla sottoveste però non dall'orlo. Erano rimasti impigliati ai cespugli a un'altezza da terra di venticinque, trenta centimetri. Non possono esserci dubbi: quello è il luogo dov'è stato perpetrato il delitto..."

Questa scoperta produsse una serie di nuove testimonianze. Madame Deluc, per esempio, spiegò che gestiva una locanda proprio sul fiume, di fronte alla Barrière du Roule – una zona particolarmente isolata. La locanda era frequentata, la domenica, dalla "mala" cittadina – gli avventori arrivavano in barca attraverso la Senna. Quella particolare domenica, verso le quindici, era arrivata anche una ragazza in compagnia di un giovane di carnagione scura. I due si erano trattenuti poco nella locanda, avviandosi quasi subito in direzione del bosco. Madame Deluc era rimasta colpita in modo particolare dagli abiti indossati dalla giovane, perché ricordavano molto quelli di una sua parente morta, soprattutto lo scialle. Poco dopo la partenza dei due giovani, era arrivata alla locanda una piccola banda di esagitati, che avevano fatto un gran baccano nel locale. Avevano mangiato e bevuto e quindi se ne erano andati senza pagare, dirigendosi anche loro verso il boschetto. Erano poi ricomparsi al tramonto e avevano riattraversato in tutta fretta la Senna.

Quella sera sia Madame Deluc sia il suo figlio maggiore avevano udito delle grida di donna provenire da non molto lontano – grida acute ma brevi. Madame Deluc riconobbe in seguito sia lo scialle rinvenuto nel boschetto sia l'abito trovato indosso al cadavere. Inoltre, un certo Valence, conducente di omnibus, si presentò agli inquirenti dichiarando di avere visto Marie Rogêt mentre, insieme a un giovane scuro di pelle, attraversava la Senna a bordo di un traghetto. Questo Valence conosceva da tempo Marie e quindi era certo di non essersi sbagliato.

Le varie cose rinvenute nel bosco furono tutte identificate dai parenti come appartenute a Marie.

I vari articoli dei giornali che riferivano sulle testimonianze, e le notizie che io stesso, seguendo i consigli di Dupin, raccolsi presso le redazioni, sottolineavano un altro, importantissimo fatto.

Dopo l'individuazione del luogo in cui era molto probabilmente avvenuta la violenza, fu trovato Saint-Eustache, il fidanzato di Marie – era pressoché privo di vita e difatti poco distante venne rinvenuta anche una fiala vuota di Laudanum. Si capì dall'alito del giovane che si era avvelenato. Morì senza riprendere conoscenza. Gli venne trovato addosso un biglietto in cui ribadiva tutto il suo amore per Marie e dichiarava di avere raggiunto il proposito di uccidersi.

Quand'ebbe terminato di esaminare tutti i miei appunti, Dupin commentò: "Inutile ch'io le dica che questo caso è molto, molto più complesso di quello della Rue Morgue. Questo delitto, per quanto atroce, è d'ordinaria amministrazione. Non ci sono aspetti *outré*. Il mistero è stato considerato di facile soluzione proprio in quanto ordinario, mentre in effetti la sua complessità deriva appunto dalla sua ordinarietà. Ecco perché non è stato subito deciso di porre una taglia. Né gli scagnozzi di G. si sono molto preoccupati di capire quale possa essere il movente alla base di un delitto tanto efferato. Sembrava loro che di moventi ce ne fossero tanti e tutti ovvi. Poiché nessuno di questi numerosi moventi era di per sé improbabile, hanno dato per pacifico che il movente dovesse essere uno tra i molti possibili. Ma proprio l'apparente facilità nell'individuazione del movente avrebbe dovuto fare capire che questo è un caso astruso, non semplice!

"Ho avuto già modo d'indicare che la ragione percepisce la strada della verità solo quando si eleva oltre la normalità. La domanda che ci si deve porre non è 'Cosa è successo?' ma piuttosto 'Cosa è successo che non era mai prima successo?' Per esempio, nel caso dei delitti della Rue Morgue, lei rammenterà che gli inquirenti rimasero sconcertati dall'eccezionalità degli indizi – quella stessa eccezionalità che può introdurre alla soluzione una mente dotata di logica. Così, in questo caso, la normalità degli indizi suggerisce agli inquirenti facili soluzioni, ma per la mente logica essi sono invece presagio di difficoltà notevolissime.

"Nel caso della Rue Morgue apparve subito evidente che erano stati commessi due delitti. L'ipotesi del suicidio poteva essere immediatamente scartata. Anche nel caso che ora ci è stato affidato possiamo subito escludere l'idea del suicidio. Il cadavere trovato alla Barrière du Roule era in condizioni tali da fugare ogni dubbio in proposito. Ma è stato ipotizzato che il cadavere non sia quello di Marie Rogêt.

"Una taglia è stata posta sulla testa dell'assassino, ed è solo a questa condizione che abbiamo accettato l'incarico propostoci dal prefetto. Questo signore lo conosciamo bene entrambi. Non è che ci sia da fare troppo affidamento su di lui. Infatti, se dovesse succedere che partendo dagli indizi a disposizione noi giungessimo alla conclusione che il cadavere non è quello di Marie Rogêt, e ritrovassimo Marie viva e vegeta – ebbene, non ritengo proprio che il nostro prefetto sarebbe granché soddisfatto. Dunque, spetta a noi verificare l'identità del cadavere, capire se si tratti veramente di Marie. E dobbiamo farlo non per compiacere la giustizia, ma per raggiungere i nostri obiettivi.

"L'opinione pubblica ha preso per buone le teorie dell'*Etoile*. Le conclusioni a cui quel giornale giunge vengono dunque ritenute valide. Ma in quelle conclusioni io prendo per buono soltanto lo zelo dei cronisti. Non dimentichiamo mai che per i giornali far colpo, suscitare sensazioni nel pubblico, è molto più importante che non appurare la verità. Il pubblico va dietro solo a chi propone ipotesi e soluzioni straordinarie e controcorrente. Voglio dire che l'idea che Marie sia ancora viva incontra il diffuso desiderio del colpo di scena, del melodramma! Ma proviamo a esaminare i punti basilari avanzati dal giornale *L'Etoile*.

"Il primo obiettivo del cronista è quello di dimostrare che l'arco di tempo intercorso tra la scomparsa di Marie e il ritrovamento del cadavere galleggiante è talmente breve da rendere impossibile che si tratti appunto di Marie. Quindi, per sostenere la propria tesi il cronista tende a ridurre il più possibile quell'arco di tempo. Sostiene per esempio che non è possibile che il delitto sia stato commesso tanto per tempo da consentire agli omicidi di gettare il cadavere nel fiume prima di mezzanotte. Dobbiamo a questo punto chiederci, perché? Perché il delitto non poteva essere commesso cinque, dieci minuti dopo che Marie Rogêt era uscita da casa? I delitti vengono commessi a qualsiasi ora del giorno, giusto? E comunque, se il delitto fosse stato commesso in un qualsiasi momento tra le nove del mattino e la mezzanotte meno un quarto ci sarebbe stato tutto il tempo per gettare la vittima nel fiume. In parole povere, *L'Etoile* presume che il delitto non sia stato commesso quella domenica, e se prendiamo per buona questa sua ipotesi, dobbiamo prendere per buone tutte le altre che di conseguenza il giornale formula.

"In ogni caso, il nostro compito non è quello di polemizzare con *L'Etoile*, ma di fare luce sulla verità. Se analizziamo bene lo scritto del cronista dell'*Etoile*, se cerchiamo di penetrare nel suo ragionamento, ci accorgiamo che egli ci sta dicendo che qualsiasi fosse l'ora della morte, quella domenica, non ci sarebbe stato il tempo per gli assassini di avventurarsi fino al fiume per gettarvi il cadavere. Ma è esattamente questo l'aspetto del ragionamento che trovo meno convincente: procede infatti dal presupposto che il delitto sia stato commesso tanto lontano dal fiume da rendere necessario il trasporto del cadavere per poi gettarlo in acqua. Ma il delitto poteva benissimo essere stato perpetrato in riva alla Senna, addirittura sul fiume stesso, e il corpo poteva in tal caso essere gettato in acqua immediatamente e a qualsiasi ora. Non sto, sia chiaro, proponendo delle ipotesi alternative. Ora come ora m'interessa non chiarire le fasi di questo caso, bensì mettere lei in guardia a proposito delle insinuazioni dell'*Etoile*. Voglio cioè indicarle che *L'Etoile* procede per partito preso.

"Dopo avere formulato la sua ipotesi, presumendo cioè che se del corpo di Marie si trattava doveva trovarsi in acqua da non molto tempo, il giornale spiega come la casistica dimostri che gli annegati o i cadaveri gettati in acqua riaffiorano dopo non meno di sei, dieci giorni. Fatto affiorare artificiosamente, qualora non siano trascorsi almeno sei giorni, il cadavere tende a tornare sul fondo. Praticamente tutti gli altri giornali hanno accolto queste spiegazioni, salvo il *Moniteur*, che in un articolo contesta la teoria sui corpi degli annegati e cita una mezza dozzina di casi in cui i corpi sono riaffiorati entro tempi inferiori a quelli ipotizzati dall'*Etoile*. Tenga presente che anche questo tentativo del *Moniteur* di contestare le asserzioni di un giornale rivale citando casi specifici è indice di notevoli limiti speculativi. Avesse citato cinquanta casi anziché cinque o sei, allora ci saremmo trovati di fronte a eccezioni alla regola, e ciò sinché non fosse risultato possibile confutare la regola in sé. Ma ammessa la regola (che il *Moniteur* non confuta giacché ammette che i suoi esempi sono delle eccezioni), la tesi dell'*Etoile* rimane comunque in piedi. Gli esempi portati dal *Moniteur* vogliono suggerire la possibilità che il corpo possa essere riemerso prima dei sei giorni, ma in effetti la legge della probabilità favorisce proprio *L'Etoile* – e ciò sinché gli esempi contrari alla tesi dell'*Etoile* non saranno tanto numerosi da stabilire una regola contraria.

"Esaminiamo dunque il fondamento logico della regola in questione: in genere, il corpo umano non è né più leggero né più pesante dell'acqua della

Senna – in altre parole, il peso specifico del corpo umano, in condizioni normali, è pressappoco eguale alla massa d'acqua dolce che esso sposta. I corpi di persone molto in carne, grasse ma dotate di ossa piccole, e in genere i corpi di donne, risultano più leggeri di quelli di persone magre dotate di ossa robuste, come lo sono in genere i corpi dei maschi. Occorre poi pensare che il peso specifico dell'acqua di fiume è condizionato dalla presenza di eventuali correnti di acqua di mare. Ma anche tralasciando la questione delle correnti, è possibile affermare che sono ben pochi i corpi umani che anche in acqua dolce affondano completamente e spontaneamente. Chiunque, se cade in acqua, può rimanere a galla se fa in modo che il peso specifico dell'acqua spostata dal suo corpo sia pari al corpo stesso, cioè se fa in modo che il suo corpo rimanga il più possibile sotto la superficie dell'acqua. Le persone inesperte nel nuoto, per esempio, dovrebbero mettersi in posizione eretta, come camminando con il capo piegato all'indietro, lasciando affiorare solo la bocca e le narici – questa posizione consente di galleggiare senza difficoltà e senza particolari sforzi – il peso del corpo e la massa dell'acqua spostata risultano allora in equilibrio precario, che un niente può modificare. Per esempio, sollevare un braccio fuori dall'acqua privandolo di sostegno fa subito aumentare il peso del corpo rispetto all'acqua quel tanto che basta per finire sotto con la testa, quando invece basterebbe anche un sostegno minimo, quale per esempio un pezzetto di legno, per riuscire a tenere la testa sollevata dall'acqua così da potersi guardare intorno. Invece, chi non sa nuotare tende ad agitarsi, e sollevare le braccia, a tenere la testa ritta ed ecco allora che bocca e narici finiscono sott'acqua, c'è il tentativo istintivo di respirare e i polmoni si riempiono d'acqua e così anche lo stomaco, il peso del corpo aumenta e il corpo affonda sempre più. Basta l'acqua nei polmoni e nello stomaco per fare andare a fondo un annegato, non però nel caso di persone con ossa minute e carni molli o pingui. Queste persone, infatti, continuano a galleggiare anche dopo essere annegate.

"Un corpo che finisca sul fondo tenderà a restarvi sinché per un qualsiasi motivo il suo peso specifico non divenga inferiore a quello dell'acqua che sposta. Questo può accadere a motivo della decomposizione o d'altro. Infatti, la decomposizione produce dei gas che dilatano i tessuti e le cavità, conferendo al corpo quell'orribile aspetto rigonfio. Quando il processo di dilatazione aumenta il volume del corpo, senza peraltro aumentarne il peso o la massa, il peso specifico diventa inferiore a quello della massa d'acqua spostata e allora il corpo riaffiora e galleggia. Ma il processo di decomposizione può essere affrettato o rallentato da tutta una serie di cause: l'alta o la bassa temperatura, la presenza di agenti chimici, la purezza, mobilità e profondità dell'acqua, il fatto che sia stagnante oppure no. Importanti sono anche la costituzione fisica della vittima e il suo stato di salute al momento del decesso. Appare dunque evidente l'impossibilità di stabilire a priori quanto occorrerà a un corpo per risalire a galla a causa del processo di decomposizione. In certi casi può essere sufficiente un'ora, in altri casi il processo non subentra nemmeno. Esistono sostanze chimiche, quali il bicloruro di mercurio, che preservano il corpo da ogni processo di decomposizione. Ma a parte la decomposizione, si verifica la produzione di gas nella cavità stomacale a motivo della fermentazione di sostanze vegetali, e altri gas si producono in altre cavità del corpo. Questi gas provocano dilatazioni e agevolano la risalita in superficie del corpo stesso. Una esplosione nell'acqua provoca vibrazioni che possono smuovere un cadavere dal fango o dal limo del fondo facendolo quindi emergere quando altri fattori già l'hanno a ciò predisposto.

"Se dunque teniamo conto di tutti questi fattori, possiamo andare a verificare l'asserzione dell'*Etoile* là dove sostiene che un corpo può riaffiorare solo dopo sei, dieci giorni, e che anche quando sia stato fatto risalire a galla a colpi di cannone, se lasciato andare risprofonda nell'acqua qualora, appunto, non siano trascorsi perlomeno sei giorni. Tutto il ragionamento appare privo di fondamento, e del tutto illogico. Difatti, la casistica non dimostra affatto che per un cadavere di annegato siano necessari almeno sei giorni per tornare a galla. Né è vero che se un corpo riemerge in seguito a un'esplosione, torna poi sul fondo sinché la decomposizione non sia sufficientemente avanzata. Appare invece interessante l'accenno a corpi di annegati e corpi gettati in acqua dopo una morte violenta – l'articolista compie una distinzione ma poi finisce col dire che in entrambi i casi si hanno gli stessi comportamenti.

"Ho spiegato come il corpo umano divenga, dopo l'annegamento, più pesante della massa d'acqua che sposta. Ho anche detto che se una persona in acqua non si dibattesse non affonderebbe e che quindi non dovremmo né sollevare dall'acqua le braccia né tanto meno respirare quando la testa è sott'acqua, altrimenti al posto dell'aria nei polmoni penetra acqua. Ma tutto questo non riguarda un corpo che sia stato buttato in acqua dopo una morte violenta. In questo caso, infatti, il corpo non dovrebbe affondare, e di questo *L'Etoile* sembra non rendersi conto. Un cadavere che venga gettato in acqua affonda soltanto quando sia già in stato di avanzata decomposizione, quando cioè i tessuti si siano staccati dalle ossa – soltanto allora, e mai prima, il corpo scompare sott'acqua.

"Allora, cosa dobbiamo pensare dell'asserzione che il corpo rinvenuto nella Senna non è quello di Marie Rogêt in quanto è stato avvistato a galla ad appena tre giorni dalla scomparsa della giovane? Poiché si tratta di una donna, qualora sia morta per annegamento potrebbe anche non essere mai andata a fondo; o potrebbe essere andata a fondo per poi riaffiorare in superficie dopo appena ventiquattro ore o anche meno. Nessuno però ritiene che quello sia il cadavere di un'annegata – quindi, se la giovane donna è morta prima che il suo corpo sia stato gettato nel fiume, allora il corpo avrebbe benissimo potuto restare a galla senza mai affondare.

"Ma *L'Etoile* sostiene anche che se il corpo, dopo essere stato seviziato, fosse rimasto sulla riva fino a quel martedì, sul luogo si sarebbero dovute riscontrare le tracce degli assassini. E qui non si capisce bene dove vada a parare il discorso del cronista. Sembra quasi che voglia anticipare una obiezione alla sua teoria – un'obiezione secondo la quale il corpo, tenuto due giorni a riva, si sarebbe decomposto più rapidamente che se fosse stato gettato subito in acqua. Soltanto questo, secondo l'eventuale obiezione, avrebbe permesso al corpo di riaffiorare il mercoledì. Ecco allora che il nostro cronista si affretta a dimostrare che il cadavere non poteva essere rimasto a riva, giacché in tal caso si sarebbero trovate abbondanti tracce degli assassini. C'è da chiedersi, a questo punto, come mai il cronista ritiene che un cadavere lasciato sul greto renda più numerose ed evidenti le tracce dei colpevoli. Mah...!

"Il giornale sostiene infine essere assai improbabile che i criminali abbiano pensato di gettare in acqua il corpo della vittima senza un peso che lo trascinasse sul fondo – una precauzione non poi difficile da attuare. Trovo tutto questo ridicolo!

"Neppure *L'Etoile* contesta che il corpo rinvenuto nella Senna sia quello della vittima di un omicidio. I segni delle violenze sono evidentissimi. Il nostro cronista vuole unicamente dimostrare che il corpo non è quello di Marie. Il cronista vuole dimostrare *non* che il corpo ritrovato è stato assassinato, ma che *Marie* non è stata assassinata! Riesce solo a dimostrare il primo punto. Esiste un cadavere senza pesi attaccati. Gettandolo in acqua gli assassini, però, avrebbero certamente pensato di appesantirlo con qualcosa, ma siccome di pesi non ce ne sono, per il cronista questo dimostra che non sono stati gli assassini a gettarlo in acqua. E in effetti, il ragionamento del cronista dimostra semmai proprio questo, e non altro. L'identità della vittima non entra nel ragionamento e del resto *L'Etoile*, a questo punto, smentisce proprio ciò che aveva appena ammesso. Sostiene infatti che il corpo ritrovato è per l'appunto quello di una donna vittima di un omicidio. Ma non soltanto su questo punto il cronista gira a vuoto. Ricorderà che ho già avuto modo di indicarle come sia sua intenzione ridurre il più possibile l'intervallo di tempo tra la scomparsa di Marie e il rinvenimento del cadavere. Infatti, eccolo insistere sul fatto che nessuno sembra avere incontrato Marie dopo che uscì di casa quella domenica mattina. Non ci sono prove, asserisce il cronista, che Marie fosse ancora viva dopo le ore nove di quel 22 giugno. Siccome nel suo ragionamento procede per partito preso, meglio avrebbe fatto a non evidenziare questo punto: se fosse emerso che qualcuno ha incontrato Marie poniamo il lunedì o il martedì, ciò renderebbe meno probabile che il corpo sia quello di Marie, stando al ragionamento dell'*Etoile*. Ma il giornale non sembra rendersi conto di questo.

"Proviamo a esaminare la cronaca là dove riferisce le circostanze dell'identificazione del cadavere da parte di Beauvais. Dice che l'uomo ha riconosciuto il corpo sulla base di alcuni peli del braccio. Questo, da parte del giornale, è evidentemente un falso. Monsieur Beauvais non è certo uno scemo, e non avrebbe mai identificato il corpo sulla base di simili indizi. Tutte le braccia umane hanno peli. L'asserzione del giornale rappresenta una manipolazione delle parole usate dal testimone Beauvais. Infatti, lui avrà senz'altro fatto riferimento a una particolarità che *distingue* quei peli. Il loro colore, per esempio, oppure la quantità, o la loro lunghezza o disposizione.

"Il giornale spiega che i piedi del cadavere erano piccoli. Il mondo abbonda di persone coi piedi piccoli. Gli indumenti, quali giarrettiere o scarpe, non possono costituire prove perché di capi d'abbigliamento del genere ne vengono venduti in quantità. Lo steso vale per i fiori del cappellino. Il giornale spiega come secondo Beauvais il gancio della giarrettiera fosse stato tirato indietro per accorciarla. Anche questo è un indizio inconcludente. Sono moltissime le donne che acquistano giarrettiere per poi adattarle alle loro gambe a seconda dei casi.

"Ebbene, se Monsieur Beauvais, impegnato nelle ricerche per ritrovare Marie, si fosse trovato al cospetto di un cadavere somigliante alla ragazza quanto a taglia e ad aspetto, senza riferimento alcuno all'abbigliamento, avrebbe potuto convincersi che la ricerca era stata fruttuosa. Se oltre alla taglia e ai tratti avesse riscontrato sul cadavere la presenza degli stessi peli che aveva visto sul braccio di Marie viva, allora la sua convinzione avrebbe potuto rafforzarsi, e più i peli di Marie fossero stati insoliti più lui sarebbe stato sicuro che quello era il corpo della ragazza.

"Se poi anche le scarpe fossero state simili a quelle che Marie calzava al momento della scomparsa allora, sebbene di scarpe del genere se ne vendano moltissime, la probabilità che il corpo fosse di Marie sarebbe divenuta una quasi certezza. Un particolare di per sé insufficiente diventa prova sicura quando convalida altre prove. Se poi teniamo anche conto dei fiori sul cappellino, non c'è proprio bisogno di cercare altro. Del resto, scopriamo anche sulla morta un paio di giarrettiere simili a quelle usate da Marie – a questo punto è follia non credere che si tratti proprio di lei. Non solo, ma queste stesse giarrettiere sono state accorciate come Marie aveva fatto con le sue. Follia, allora, oppure ipocrisia, dubitare ancora! Del resto, prendiamo ciò che il giornale sostiene a proposito dell'accorciamento delle giarrettiere – dice che è un fatto normale. Bene, quest'asserzione mostra unicamente la pervicace insistenza nell'errore.

"Il fatto che le giarrettiere siano elastiche dimostra quanto insolito sia il bisogno di accorciarle. Marie le ha accorciate e facendolo ha fatto qualcosa di insolito: allora, il fatto che il cadavere abbia appunto delle giarrettiere raccorciate basterebbe a stabilirne l'identità. Dobbiamo capire bene una cosa: non è che sia stato trovato un cadavere che indossava le giarrettiere della scomparsa Marie Rogêt, oppure che aveva le sue scarpe, o il suo cappello, o sul cappello gli stessi fiori che ornavano il cappello di Marie, o che aveva la stessa taglia del piede, o lo stesso tipo di peli sul braccio, o gli stessi lineamenti. È ciascuna di queste cose che il cadavere aveva – in altre parole, le aveva tutte quante insieme! E se a fronte di ciò il direttore dell'*Etoile* nutre ancora dubbi, be'... in tal caso dovrebbe essere sottoposto a visita medica. Lui, nell'esporre il caso sul suo giornale, è andato dietro ai ragionamenti che di solito gli avvocati fanno nei tribunali, e che i tribunali volentieri accolgono. Ebbene, va detto che molte delle prove che di solito i tribunali respingono sono per l'intelletto le prove migliori! I tribunali vanno dietro alle prove secondo criteri ben codificati, e difficilmente se ne allontanano per meglio fronteggiare casi particolari.

"Quanto ai sospetti che puntano a Beauvais, basta poco per cancellarli. Lei avrà senz'altro capito di che genere d'uomo si tratti: il classico ficcanaso tutto romanticismo e poco ingegno. Chiunque sia dotato di un carattere del genere appena viene a trovarsi in una situazione eccitante sul serio, tende subito a comportarsi in una maniera che gli attira gli strali e i sospetti dei sapientoni e dei pensamale. Come lei mi ha segnalato, Beauvais ha avuto modo di parlare con il direttore dell'*Etoile* ferendolo nel suo amor proprio, insistendo che il cadavere ritrovato nel fiume era proprio quello della giovane Marie. E difatti il giornale ha poi commentato questa ostinazione, definendola priva di qualsivoglia riscontro. A parte il fatto che prove più schiaccianti sull'identità del cadavere non potrebbero esserci, va detto che talora si può essere intimamente convinti di qualcosa senza riuscire a convincere di quella stessa cosa gli altri.

"Il sapere riconoscere l'identità altrui è sempre un fatto vago, che non risponde a regole precise. Chiunque di noi sa riconoscere il proprio vicino di casa, ma spesso non saprebbe spiegare il *perché* lo riconosce. Il direttore dell'*Etoile* non aveva alcun motivo per 'prendere cappello' davanti all'istintiva convinzione del buon Beauvais.

"Quanto ai sospetti che si sono riversati su di lui, vanno imputati più al carattere da romantico ficcanaso a cui accennavo prima, che non a veri e propri indizi di colpevolezza. L'aspetto romantico della personalità di Beauvais serve, per esempio, a spiegare la rosa intravista dal buco della serratura e il nome Marie scritto sulla lavagnetta. Quanto poi al fatto di avere messo in disparte, per così dire, i parenti maschi della famiglia Rogêt, di avere tentato di impedire che vedessero il cadavere della ragazza, l'essere intervenuto presso Madame B. chiedendole di non riferire nulla all'agente di polizia se non in presenza di lui, cioè di Beauvais... insomma, tutte queste cose sembrano indicare questo: Beauvais era uno che spasimava dietro a Marie, che con lui doveva certo fare la civetta. Beauvais ci teneva a presentarsi come amico e confidente della ragazza. Non mi sembra il caso di aggiungere altro in proposito. Infine, per quel che riguarda l'apatia che la famiglia di Marie avrebbe palesato alla notizia della sua morte, è una evidente falsità, giacché si sono tutti prontamente dichiarati convinti che il cadavere fosse quello della fanciulla scomparsa.

"Quindi, d'ora in poi procederemo come se la questione dell'identità del cadavere fosse risolta una volta per tutte."

"Dupin", domandai allora, "lei cosa ne pensa delle asserzioni del *Commerciel*?"

"Le penso più meritevoli di attenzione di tutte le molte fatte su questo caso. Se non altro per lo spirito che le promuove. Le deduzioni compiute sulla base delle premesse paiono logiche e anche acute, ma va detto che almeno in un paio di casi proprio le premesse sembrano poggiare su osservazioni opinabili.

"Le *Commerciel* lascia intendere che Marie potrebbe essere stata rapita da una banda di malviventi praticamente sulla porta di casa. Infatti, dubita che la ragazza possa avere attraversato tre isolati senza venire notata. Chi ha espresso questa opinione è evidentemente un personaggio pubblico, avvezzo a passeggiare in prossimità di edifici pubblici, dove tutti o quasi, per strada, lo riconoscono e salutano. Essendo lui un personaggio noto, ritiene che la gente possa reagire nei confronti della ragazza così come reagisce nei confronti suoi. Ma a differenza di lui, Marie non era solita uscire a ore fisse ogni giorno, e a percorrere gli stessi itinerari e quindi non incontrava, come succede invece a lui, sistematicamente ogni giorno le stesse persone. Quella domenica mattina Marie può benissimo avere scelto un itinerario diverso dai soliti – una delle tante vie che intersecano la città tra casa sua e quella della zia. Nulla di sorprendente se non ha incontrato conoscenti. Per capirci meglio, l'abitante medio di Parigi non suscita nelle vie la medesima attenzione che può suscitare un personaggio particolarmente noto.

"Ma supponiamo sia valida la tesi del *Commerciel.* Se consideriamo l'ora in cui Marie è uscita quella domenica, questa tesi diventa subito più debole. *Le Commerciel* dice che le strade erano affollate quando Marie uscì. Ma non è vero. Erano le nove del mattino e a quell'ora, di domenica, le vie non sono affollate come nei giorni feriali! Di domenica, a quell'ora, la gran parte delle persone è a casa, intenta a prepararsi per andare in chiesa. Chiunque abbia una benché minima capacità di osservazione conosce l'aspetto deserto che regna nei quartieri di una grande città tra le otto e le dieci del mattino. Poi, invece, tra le dieci e le undici le vie si affollano.

"In un altro punto *Le Commerciel* mostra scarso spirito di osservazione. Sostiene infatti che il lembo di sottoveste strappato alla morta e annodato sotto il mento e intorno alla nuca, probabilmente per impedirle di gridare, doveva essere stato fatto da chi non è solito portarsi fazzoletti in tasca. Vedremo in seguito quanto attendibile sia questa osservazione. Teniamo comunque presente che il giornalista, quando accenna a persona che non è solita portarsi fazzoletti in tasca, intende riferirsi a un criminale incallito. E i delinquenti in genere rinuncerebbero alla camicia, mai al fazzoletto. Fa parte della loro divisa, come certo avrà avuto modo di notare."

"E dell'articolo del *Soleil* che ne pensa?" chiesi.

"Che se fosse nato pappagallo, il direttore del *Soleil* sarebbe l'esemplare più illustre della sua razza. Non ha fatto altro che riprendere punto per punto gli articoli già pubblicati dagli altri. Dopodiché sostiene che gli oggetti trovati nel boschetto dovevano essere lì da settimane, e che il boschetto stesso è il luogo del delitto. Ma affermando ciò *Le Soleil* non porta alcuna prova che rimuova i miei dubbi. Ma esamineremo questo aspetto più tardi, e anche con particolare attenzione, inserendolo però in un altro contesto.

"Sono altri i punti a cui ora dobbiamo dedicarci. Avrà certo fatto caso all'incredibile leggerezza con cui è stato esaminato il cadavere. Si sono limitati a stabilirne l'identità, ma altre cose ancora andavano appurate.

"La vittima era stata derubata? Era uscita di casa con indosso dei gioielli? Se sì, sono stati trovati insieme con il corpo? Interrogativi importanti, che però nessuno si è mai posto. E altri ancora avrebbero dovuto essere formulati. Spetta ora a noi cercare le risposte. Per esempio, occorrerà riesaminare il caso Saint-Eustache. Non nutro sospetti nei suoi confronti. Però vediamo di procedere con metodo. Il suo alibi per quella domenica andrà verificato, giacché il rischio della mistificazione è sempre presente. Se però non troveremo nulla di dubbio, elimineremo Saint-Eustache dalle indagini. Il suo suicidio solleverebbe gravi sospetti se il suo alibi apparisse incrinato. In caso contrario, il suicidio rimane di per sé spiegabilissimo e non deve distrarci più di tanto.

"Ora vorrei passare a un'analisi di tutti gli aspetti collaterali. In indagini del genere si compie sovente l'errore di accentrare l'attenzione sui fatti immediati, trascurando quelli circostanziali, o marginali. I tribunali hanno la pessima abitudine di limitare testimonianze e dibattiti a ciò che *sembra* essere importante. Ma l'esperienza dimostra che la verità scaturisce da particolari all'apparenza insignificanti. Nello spirito se non proprio nella lettera di questo principio, la scienza moderna ha deciso di calcolare l'imprevisto. Mi segue? Le più importanti scoperte dell'uomo sono nate da fatterelli collaterali, da incidenti, dal caso. Quindi, volendosi muovere nella direzione del progresso, bisogna tenere conto nella massima misura del cosiddetto caso. Ormai non è logico basarsi su ciò che è stato per avere una visione di ciò che sarà. Il caso ha assunto un ruolo determinante. Ora abbiamo la possibilità di calcolare il caso, sottoponendo l'inaspettato e il mai immaginato al vaglio di formule matematiche.

"È dunque assodato che la gran parte della verità scaturisce da cause collaterali. Quindi, mi scosto nella mia indagine dal terreno più battuto e mi rivolgo a una serie di circostanze concomitanti. Mentre lei accerterà l'attendibilità delle testimonianze, io esaminerò più in profondità quanto i giornali sono andati scrivendo. Sarebbe davvero strano che un esame attento dei giornali non ci porgesse quei piccoli particolari che potrebbero meglio indirizzare la nostra indagine."

Così sollecitato da Dupin passai a esaminare scrupolosamente le varie deposizioni. Potei così accertarne la validità e, conseguentemente, emerse chiaramente l'innocenza di Saint-Eustache. Intanto il mio amico era sprofondato nella lettura secondo me eccessivamente meticolosa degli archivi di tutti i giornali. Alla fine di quella settimana mi mise sotto gli occhi queste note:

"*Circa tre anni e mezzo fa, la scomparsa della medesima Marie Rogêt, impiegata nella profumeria di Monsieur Le Blanc al Palais Royal aveva suscitato un interesse pari almeno all'attuale. Dopo una settimana la ragazza riprese il suo lavoro come se niente fosse, in perfetta salute, solo un poco più pallida del solito. Sia Monsieur Le Blanc sia la madre della ragazza spiegarono l'assenza con una breve vacanza in casa di un'amica, e il tutto fu ben presto messo a tacere. Si suppone che la scomparsa attuale abbia le medesime motivazioni della precedente e che la ragazza tra una settimana o un mese ricomparirà tra noi...*" (Da *Le Soir* di lunedì 23 giugno).

"*Un quotidiano della sera ricorda in data di ieri la precedente e misteriosa scomparsa di Mademoiselle Rogêt. Tutti sanno che in quella settimana di assenza era rimasta in compagnia di un giovane ufficiale di marina, noto per la vita dissoluta. Una lite provvidenziale l'aveva fatta tornare a casa. Conosciamo il nome di questo libertino, attualmente di stanza a Parigi. Non lo pubblichiamo per doveroso riserbo.*" (*Le Mercure* di martedì 24 giugno).

"L'altro ieri non lontano dalla città è stato commesso un delitto di rara violenza. Un signore che era in compagnia della moglie e della figlia, sul far della sera ha ingaggiato sei giovani che oziavano sulla loro imbarcazione sulla Senna, affinché gli facessero attraversare il fiume. Arrivati sull'altra sponda i tre passeggeri si erano già allontanati, ma la figlia si rese conto di avere lasciato il suo parasole sulla barca. Tornò dunque sui suoi passi per recuperarlo quando venne aggredita dai sei giovinastri, portata al centro del fiume, imbavagliata e violentata. Poi è stata abbandonata a riva, non lontano dal punto dove si era imbarcata insieme ai genitori. Gli aggressori hanno per ora fatto perdere le loro tracce ma gli inquirenti sono certi di essere prossimi alla cattura." (*Le Matin* del 25 giugno).

"Stando ad alcune informazioni che abbiamo ricevuto, Mennais, [uno dei primi sospettati e arrestati, rilasciato per totale mancanza di prove – N.d.A.] *sarebbe il responsabile dell'atroce crimine di questi giorni. Ma poiché costui è stato prosciolto dopo un'inchiesta legale e poiché i nostri informatori ci paiono più zelanti che attendibili, ci sembra opportuno non divulgare tali indiscrezioni..."* (*Le Matin*, 28 giugno).

"Sono arrivate alla nostra redazione, da fonti diverse, informazioni che ci spingono a ritenere che la sfortunata Marie Rogêt sia rimasta vittima di una delle tante bande che la domenica infestano i dintorni di Parigi. Daremo presto spazio a questo aspetto della vicenda." (*Le Soir*, martedì 30 giugno).

"Lunedì un addetto alle attività fluviali della Guardia di Finanza ha visto un'imbarcazione vuota scendere la Senna. Le vele stavano sul fondo della barca. Il finanziere ha preso l'imbarcazione a rimorchio e l'ha portata al posto di controllo sul fiume. La mattina seguente la barca era scomparsa. Il timone si trova tuttora negli uffici del posto di controllo." (*La diligence*, giovedì 26 giugno).

A me queste notizie sembrarono piuttosto irrilevanti, e non riuscii a collegarle al caso su cui stavamo indagando. Attesi pertanto che Dupin mi fornisse delle spiegazioni.

"Al momento", disse, "non intendo soffermarmi né sul primo né sul secondo di questi brani. Li ho ricopiati solo per dimostrare quanto gli inquirenti stiano procedendo in modo approssimativo – infatti, non si sono mai curati di indagare su questo ufficiale di marina a cui si accenna. È difficile non pensare a un collegamento tra la prima e la seconda scomparsa di Marie Rogêt. È certamente lecito pensare che la prima fuga si fosse conclusa con il ritorno a casa della ragazza sedotta, in seguito a un litigio tra lei e l'amante. Partendo da questo punto, siamo portati a supporre che una seconda fuga (se sappiamo che di seconda fuga s'è trattato) sia stata determinata dal ritorno, negli affetti di Marie, del suo seduttore. Diamo più credito a questa ipotesi che non alla comparsa di un secondo e nuovo amante. Insomma, siamo propensi più a pensare a un ritorno di fiamma che non a una nuova storia d'amore: chi è fuggito una prima volta con Marie molto probabilmente ha provocato la seconda fuga. Le probabilità in questo senso sono dieci a una. Le faccio notare che il tempo trascorso tra la prima accertata fuga e la presunta seconda fuga supera di pochi mesi la durata media delle crociere delle navi da guerra. Forse, l'amante interruppe il suo iniziale misfatto perché costretto a imbarcarsi; forse, appena tornato ha ripreso i suoi ripugnanti propositi non ancora del tutto compiuti, o non del tutto compiuti *da lui*. Ma a questi interrogativi non siamo per ora in grado di rispondere.

"Lei mi dirà che nel secondo caso non c'è stata una fuga vera e propria – non come nel primo caso. Verissimo. Possiamo però affermare che non c'era neppure il desiderio di una seconda fuga? A parte Saint-Eustache e Beauvais, non risulta ci fossero altri pretendenti di Marie dichiarati e rispettabili. Mai altro nome è emerso in questo senso. Allora, chi era il segreto amante del quale i parenti (o la maggior parte di essi) nulla sanno, ma che Marie incontra quella fatidica domenica mattina? Con chi ha sviluppato un'intimità tale, che non esita ad appartarsi con lui nei solitari boschetti della Barrière du Roule fino al crepuscolo? E perché quelle strane parole pronunciate da Madame Rogêt il giorno della seconda scomparsa della figlia, quando espresse il timore di non rivedere più Marie?

"Non possiamo supporre che Madame Rogêt fosse al corrente della seconda fuga, ma che su di essa Marie fantasticasse è lecito pensarlo. Uscì di casa quella mattina lasciando credere che intendeva recarsi dalla zia – aveva persino chiesto a Saint-Eustache d'andare a prenderla quella stessa sera. Questo sembra contraddire in pieno la mia ipotesi. Ma riflettiamo – è appurato che, uscita di casa, abbia incontrato un amico, se è vero che con lui è poi giunta sul fiume alla Barrière du Roule verso le tre del pomeriggio. Accettando la compagnia di questo probabile amico, avrà certamente pensato alle conseguenze del fatto che Saint-Eustache, il fidanzato, quella sera non l'avrebbe trovata in casa della zia. Avrà certo pensato alle reazioni di Saint-Eustache, alla sua pena, ai sospetti di tutti. Allora, come tornare poi a casa e affrontare tutto ciò? Ma tutto ciò le sarà parso di scarsa importanza se avesse deciso di non rientrare affatto a casa!

"Il filo dei suoi pensieri può essere stato questo: Sto per incontrarmi con questa persona per fuggire con lui o per uno scopo che io soltanto conosco. Devo quindi badare a non incontrare ostacoli in questo mio proposito, devo darmi il tempo per eludere qualsiasi tentativo di fermarmi. Lascerò che tutti mi pensino in casa di mia zia, chiederò a Saint-Eustache di passarmi a prendere la sera. In questo modo guadagnerò molte ore senza suscitare sospetti o ansie. Se chiedo esplicitamente a Saint-Eustache di venire a prendermi la sera, sicuramente non verrà prima; se invece non gli dico nulla, il rischio che scopra tutto prima è elevato. Più sposto in avanti il momento della verifica, più sposto in avanti anche il momento dell'allarme per la mia fuga. Se avessi l'intenzione di tornare a casa dopo qualche ora trascorsa con quell'uomo, non sarebbe opportuno chiedere a Saint-Eustache di passarmi a prendere la sera, perché scoprirebbe che l'ho ingannato. In tal caso, farei meglio a uscire senza dirgli niente e poi ritornare prima di sera raccontando solo allora d'essere stata dalla zia. Ma siccome non ho intenzione di tornare, oppure ho intenzione di tornare solo tra alcune settimane, mi interessa soltanto guadagnare tempo.

"Gli appunti che lei ha preso le avranno già indicato come l'opinione più diffusa a proposito di questa sporca vicenda sia che la ragazza abbia dovuto cedere all'aggressione di una banda di delinquenti. E in vicende di questo genere non bisogna mai sottovalutare il peso dell'opinione pubblica. Quando si palesa in maniera così spontanea somiglia parecchio all'intuizione, caratteristica della mente geniale. Mi ci atterrei nel novanta per cento dei casi. Ma dev'essere scevra da qualsivoglia suggestione. Intendo dire che l'opinione dev'essere rigorosamente opinione pubblica!

"Non è sempre facile operare una giusta distinzione. Prendiamo il caso che ci è stato affidato.

"L'opinione pubblica a proposito di una banda mi sembra parecchio influenzata dalla stampa, per esempio da notizie come quelle del terzo brano che le ho sottoposto. Tutta Parigi è in fermento per il rinvenimento del cadavere della bella Marie, una giovane che si era già resa nota alla cronaca. Il cadavere reca segni evidenti di violenza. Quando lo trovano galleggia sul fiume e si apprende quasi contemporaneamente che una banda di giovinastri ha inflitto violenze non dissimili a un'altra giovane, proprio sul fiume. Allora, perché meravigliarci se la pubblica opinione collega i due misfatti? Occorreva capire cosa fosse accaduto, e la violenza sulla seconda giovane offre appunto una chiave di lettura. Marie, infatti, è stata trovata sul fiume dove l'altro misfatto era stato commesso. Un legame ben preciso lega i due episodi, e difatti l'opinione pubblica lo coglie immediatamente.

"In realtà, il primo misfatto, che sappiamo essere stato perpetrato in una data maniera, prova soltanto che il secondo misfatto è stato perpetrato in modo del tutto diverso. Sarebbe stato quasi miracoloso che una banda violentasse una fanciulla sul fiume e che quasi contemporaneamente un'altra banda violentasse e uccidesse su quello stesso fiume e con le stesse modalità un'altra fanciulla. Ma in effetti l'opinione pubblica si aggrappa istintivamente a questa interpretazione dei fatti.

"Esaminiamo la presunta scena del delitto nel boschetto della Barrière du Roule. Gli alberi lì sono assai fitti, vicini a una via di passaggio. Tra gli alberi ci sono delle lastre di pietra che formano una sorta di sedile completo di schienale e poggiapiedi. Sulla spalliera è stato trovata una sottoveste bianca, più in basso uno scialle di seta. E anche un parasole, un paio di guanti e un fazzoletto con ricamato il nome di Marie Rogêt. Sui cespugli intorno brandelli di vestiti, il terreno inoltre appare smosso, ci sono rami rotti e segni di lotta.

"Ma a parte le convinzioni della stampa e la voglia di tutti di indicare nel boschetto il luogo del delitto, c'erano ampi motivi per dubitarne. Se, come ha ipotizzato *Le Commerciel*, fosse stata proprio quella la scena del delitto, i colpevoli sarebbero rimasti terrorizzati dalla piega che andava assumendo l'opinione pubblica e avrebbero subito colto la necessità di sviare l'attenzione. Visto che i sospetti sul boschetto della Barrière du Roule circolavano già, perché non disporvi certi oggetti in modo da far credere che il delitto sia avvenuto proprio in quel luogo? Niente ci dice che quegli oggetti siano rimasti lì più di qualche giorno. C'è piuttosto da supporre che non siano rimasti lì per i venti giorni trascorsi da quella fatidica domenica. *Le Soleil* racconta che erano ormai ammuffiti dalla pioggia, e che erano stati in parte ricoperti dall'erba. Spiega che il parasole, pur fatto di seta resistente, aveva i fili consumati nella parte interna, e che la parte superiore era marcia.

"Vediamo di mettere ordine. Quanto all'erba, ne sappiamo solo quello che hanno raccontato i ragazzini. Presero quegli oggetti per portarli a casa. Nessun altro li vide sul luogo del rinvenimento. In un clima quale è il nostro, reso umido dalla prossimità del fiume, l'erba cresce cinque o sei centimetri al giorno. Basta quindi una settimana per ricoprire un parasole appoggiato in terra. Quanto poi alla muffa su cui tanto insiste *Le Soleil*, sarà bene tenere presente che essa è una specie di molte famiglie di *Fungus*, germoglia e muore nel giro di ventiquattro ore.

"Appare dunque evidente come tutto questo non prova affatto che quegli oggetti stavano nel boschetto da almeno tre o quattro settimane. Anzi, è difficile supporre che fossero lì da più di una settimana. Un luogo del genere – cioè un lembo di natura relativamente incontaminata a ridosso della città, non rimane infrequentato a lungo. Dai malviventi e dai loro loschi traffici alle coppiette desiderose di tranquillità, il boschetto della Barrière du Roule doveva essere assai frequentato la domenica! Ed è soprattutto nei giorni festivi, quando sono più liberi dal quotidiano trantran dei loro malaffari, che i delinquenti si appartano nelle periferie, non certo per amore della campagna, ma per sottrarsi ai controlli della società. Non ricercano il verde e l'aria buona, ma la minore possibile visibilità. Nelle trattorie lungo le strade, nel verde dei boschi, lontano dagli sguardi della legalità, si abbandonano agli eccessi di un'allegria fasulla che scaturisce dall'alcol e dalla mancanza appunto di controlli. Se quegli oggetti fossero effettivamente rimasti nel boschetto per più di una settimana senza essere notati, sarebbe un vero e proprio miracolo.

"Ma ci sono altri motivi che fanno presumere che quegli oggetti siano stati collocati nel boschetto allo scopo di fuorviare le indagini. Per esempio, prendiamo la data in cui gli oggetti sono stati rinvenuti e confrontiamola con quella del quinto brano che ho tratto dalle cronache.

"La scoperta è avvenuta subito dopo che i primi dispacci erano giunti al giornale – informazioni disparate, provenienti da fonti diverse, ma tutte tendenti ad attribuire a una banda il delitto, e a indicare la Barrière du Roule quale luogo del medesimo. Non voglio dire che i due ragazzini abbiano trovato i famosi oggetti nel boschetto per via delle notizie date dai giornali o sulla spinta dell'opinione pubblica. Semmai, mi chiedo come mai non siano stati trovati prima. Forse perché non c'erano? Perché sono stati portati lì solo più tardi dai colpevoli, fors'anche dalle stesse persone che hanno fatto arrivare le informazioni ai giornali?

"Passiamo a considerare il famoso boschetto. Insolitamente fitto, con all'interno delle pietre assai insolite, disposte a forma di sedile con schienale e poggiapiedi. Il boschetto sta a due passi dalla locanda di Madame Deluc, i cui figli erano soliti frequentare regolarmente quei paraggi. Le pare azzardato dire che non è sicuramente passato un solo giorno senza che quei ragazzi si siano addentrati nel boschetto e si siano seduti su quella sorta di trono di pietra? Se a qualcuno questo pare azzardato, vuol dire che non è mai stato ragazzo, o ha dimenticato cosa voglia dire esserlo. Allora, com'è possibile che quegli oggetti siano rimasti nel boschetto più di un paio di giorni?

"Ma altri e più solidi motivi mi spingono a ritenere che vi siano stati portati molto dopo il delitto, e a bell'apposta. Per esempio, il modo evidentemente artificioso con cui sono stati collocati. La sottoveste sulla pietra in alto, lo scialle appena più in basso e disseminati intorno i guanti, il parasole, il fazzoletto con ricamato il nome della ragazza. Una disposizione pensata da una mente banale, che voleva imitare ciò che sarebbe potuto accadere naturalmente. Mi sarei per esempio aspettato di trovare quelle cose tutte in terra, calpestate. Lì, nel poco spazio esistente tra gli alberi, con molte persone impegnate a lottare, la sottoveste e lo scialle non se ne sarebbero certo rimasti tranquilli sulle pietre. I giornali ci dicono che c'erano evidentissimi i segni di una lotta – la terra appariva calpestata, i rami spezzati. E la sottoveste e lo scialle se ne stanno lì, come appesi in un armadio. *Le Soleil*, a proposito dei lembi di stoffa trovati sui cespugli, scrive che sembravano strisce di stoffa strappate. Appunto. Strappate con le mani e intenzionalmente. Raramente le spine provocano quel genere di strappi. Dato il tipo di tessuto, la spina provoca uno strappo cosiddetto 'a sette', cioè provoca due strappi rettilinei che s'incontrano nel punto dove è penetrata la spina. Le spine non strappano i vestiti a fasce oltre tutto abbastanza regolari! Per farlo occorre la concomitanza di due forze distinte che agiscono in due direzioni opposte. Solo se il tessuto abbia due orli, come in un fazzoletto, basterà esercitare un'unica forza. Ma il vestito, nel nostro caso, ha un orlo soltanto. Eppoi, i giornali vorrebbero convincerci che le spine abbiano staccato brandelli a fasce non una volta, ma tutta una serie di volte. Ma a parte questo, le sembra credibile che degli assassini tanto prudenti da fare sparire il cadavere, lascino poi sul luogo quell'abbondanza di tracce? Ma non è ch'io voglia negare che il boschetto possa essere stato il luogo del delitto. Il nostro compito è quello di individuare i colpevoli del delitto, non il luogo in cui è stato consumato. Ho esposto minuziosamente tutte queste cose sia per farle comprendere l'assurdità delle tesi esposte con tanta ostinazione dal *Soleil*, sia per indurla a dubitare che il delitto sia stato commesso da una banda di delinquenti.

"Torneremo su questo punto a proposito dei ributtanti particolari dati alla stampa dal medico legale. Basti per ora dire che le sue conclusioni sul numero di assassini sono state ampiamente smentite dai più celebri anatomisti di Parigi.

"Ma passiamo alle presunte tracce di una lotta. Forse servono a dimostrare che sul luogo ha agito una banda? A mio avviso, dimostrano esattamente il contrario. Una ragazza fragile e indifesa e un gruppo di malviventi, che lotta poteva esserci? Sarebbe bastata la silenziosa stretta di poche braccia e tutto sarebbe finito. La vittima non avrebbe potuto opporsi ad alcunché. Tracce tanto visibili sono concepibili solo nel caso che l'aggressore sia stato un'unica persona.

“Ho già espresso sospetti per il fatto che siano state lasciate tracce tanto evidenti. Sembra impossibile che siano state abbandonate lì per caso. Come dicevo, se gli omicidi hanno avuto tanta presenza di spirito da fare sparire il cadavere gettandolo nel fiume, come mai lasciano sul terreno una prova oltremodo schiacciante – e qui mi riferisco al fazzoletto con ricamato il nome della vittima?

“Dunque, vediamo... Il delitto viene commesso da un unico individuo. Rimane solo con la fanciulla morta. È terrorizzato. La furia, la passione sono svanite, rimane solo la paura fisiologica per il delitto commesso. Non ha complici, in quel dramma l’omicida è solo, senza sostegno alcuno. Solo con la ragazza morta. L’omicida trema, è sconvolto. Capisce che occorre disfarsi del cadavere. Lo trascina verso il fiume lasciando sul terreno altre tracce della sua colpa – pensa di tornare a cancellarle una volta eliminato il cadavere. Ma mentre trascina il corpo verso il fiume la paura gli cresce dentro. Ode dei rumori intorno. Ha continuamente l’impressione di essere seguito, spiato. Perfino le luci della città lo spaventano. Finalmente raggiunge l’acqua e si libera della sua vittima, forse con l’aiuto di una barca. A questo punto, cosa può avere la forza di indurlo a tornare sui suoi passi, a tornare sulla scena del delitto? Ha eliminato il cadavere, lui stesso ora è lontano da quel luogo nefasto – vada come vada, decide di non tornare indietro. Non ci riesce. Pensa solo a fuggire, senza perdere altro tempo. Si allontana dunque per sempre dal boschetto.

“Se invece il delitto fosse stato opera di una banda, come sarebbe andata? Essendo in molti, i delinquenti si sarebbero rincuorati a vicenda. Non sarebbero caduti preda di un irrazionale terrore. Se anche qualcuno di loro avesse avuto esitazioni e distrazioni, sarebbero subentrati gli altri. Non si sarebbero lasciati alle spalle nulla di compromettente, non avrebbero nemmeno dovuto tornare per cancellare gli indizi, proprio perché in molti avrebbero potuto portarsi via tutto in una sola volta.

"Ricorderà come dal vestito della vittima sia stata strappata una striscia allo scopo di avvolgerla in modo da formare una sorta di maniglia che servisse a trasportare il corpo a mo' di fagotto. Ciò non sarebbe stato necessario nel caso di una banda. Tre o quattro individui avrebbero afferrato il cadavere per le braccia e per le gambe, senza problemi. Il ricorso a quella sorta di maniglia di stoffa è l'espediente di un uomo solo. Sappiamo che sono state trovate staccionate abbattute e sul terreno i segni di un pesante fardello trascinato. Una banda avrebbe potuto tranquillamente sollevare quel fardello, superando gli ostacoli e senza lasciare tracce in terra!

"Arrivati a questo punto dobbiamo prendere in considerazione un'affermazione del *Commerciel*, là dove dice che un brandello della sottoveste risulta strappato interamente e legato sotto il mento e intorno alla nuca della vittima, probabilmente per impedirle di gridare. Ricorderà che interviene qui l'accenno al fatto che evidentemente l'omicida non era uomo solito a portarsi in tasca fazzoletti. Come ho già avuto modo di osservare, la gente della 'mala' non va mai in giro senza fazzoletti. Ma non è questo il punto. Un fazzoletto è stato trovato nel boschetto, quindi si poteva utilizzare quello. Se si è fatta quella sorta di benda, dunque, non è per impedire alla vittima di gridare. Lo scopo doveva essere diverso. I testimoni riferiscono di una benda intorno al collo, lenta ma annodata con forza. Una descrizione vaga, però diversa da quella fornita dai giornali. Si trattava di una striscia di stoffa larga circa quarantacinque centimetri e sebbene fosse di mussola, se l'assassino l'avesse piegata e ritorta si sarebbe dimostrata piuttosto resistente. E difatti è stata trovata ritorta. Ne deduco che il solitario omicida, dopo avere trascinato per un certo tratto il corpo, si serve come presa di una fascia legata intorno alla vita. Ma a un certo punto si accorge che il peso è eccessivo, non ce la fa a trasportarlo. Allora decide di trascinare il fardello, e difatti ha lasciato sul terreno segni ben precisi in questo senso. Per poterlo trascinare, cosa fa? Lega al corpo una sorta di corda, meglio se intorno al collo dove la testa trattiene il cappio. Strappa dunque una striscia di stoffa dalla sottoveste, la lega intorno al collo e trascina il corpo fino al fiume.

"A proposito della testimonianza di Madame Deluc, lei mi dirà che si basa tutta sulla presenza di una banda di giovinastri nel boschetto, al momento o quasi del delitto. Ed è vero. Ma secondo me di bande come quella descritta dalla Deluc ce ne saranno state perlomeno una dozzina, quella domenica, intorno alla Barrière du Roule. La Deluc ne ha indicata una, accentrando su di essa il suo biasimo e le sue larvate accuse. Il caso vuole, però, che sia proprio la banda che ha pranzato e bevuto a sbafo nella sua locanda. *Et hinc illae irae*?

"Ma vediamola, questa testimonianza della Deluc. Dice che sono arrivati da lei dei giovinastri, che hanno fatto un sacco di chiasso, che hanno mangiato e bevuto e che se ne sono andati appunto senza pagare, che si sono diretti nella stessa direzione dei due giovani e che sono tornati verso il tramonto e che hanno riattraversato il fiume in tutta fretta.

"Lei si lagnava per il fatto che non la pagavano, e loro se ne sono andati mentre lei avrebbe voluto continuare a discutere. Ecco la loro gran fretta. Era il crepuscolo, il buio incombeva e quelli dovevano attraversare un fiume. Perché non avrebbero dovuto affrettarsi? Poi, più tardi quella sera, Madame Deluc e il suo figlio maggiore hanno udito delle grida di donna non lontano dalla locanda. Le hanno udite, secondo la testimonianza, non appena si era fatto buio. Se ne deduce che i giovinastri se n'erano già andati quando la signora ha udito le grida. Un'incongruenza che nessuno ha rilevato, né la polizia né tantomeno gli organi di stampa.

"Sempre col proposito di confutare gli organi di stampa, mi consenta di aggiungere una cosa che ritengo particolarmente importante. Come sa, una taglia è stata offerta a chiunque denunciasse il colpevole, fosse anche un suo complice nell'efferato delitto. Oltre alla taglia era stato promesso il perdono. Ebbene, tra i delinquenti – ma forse in qualsiasi altro genere di comunità umana – regna la paura di essere traditi e il delinquente è pronto a tradire per primo per non essere tradito lui stesso. Nessuno si è fatto avanti. Per me questa è la dimostrazione che il colpevole di questo orrendo delitto è noto solo a lui stesso, e a Dio.

"Riassumiamo la nostra analisi, elencando i fatti certi. Abbiamo ipotizzato un assassinio perpetrato nel boschetto della Barrière du Roule da un amante e o comunque da un segreto amico della vittima. Questo amico ha la pelle abbronzata. L'abbronzatura e il nodo 'da marinaio' con cui sono legati i nastri del cappello della vittima sembrano indicare un uomo di mare. La sua intimità con la ragazza, allegra ma non volgare, parrebbe indicarlo come un ufficiale, non come un semplice marinaio. Lo sostengono anche le segnalazioni che ci arrivano dalla stampa. Sembrerebbe insomma trattarsi del medesimo ufficiale con cui la ragazza compì la prima fuga, così come è stata descritta dal *Mercure*.

"Consideriamo la lunga assenza di quest'uomo dalla pelle abbronzata. Come mai è introvabile? Forse è stato ucciso anche lui dalla famosa banda? In tal caso, come mai le uniche tracce si riferiscono alla ragazza? Se i delitti sono due, la scena è la medesima. Dov'è il suo cadavere? Gli assassini lo avrebbero fatto sparire insieme alla ragazza e allo stesso modo, no? Si può supporre che sia vivo e che non si faccia avanti per il timore di essere accusato del delitto. Questo timore può averlo adesso che talune testimonianze lo chiamano in causa. Ma al momento del delitto, che bisogno aveva di nascondersi? Se fosse innocente, il suo primo impulso sarebbe stato quello di denunciare l'accaduto e di collaborare per trovare i colpevoli. Era stato visto insieme alla ragazza, aveva attraversato il fiume con lei – la denuncia era la sola cosa che potesse fare per scagionarsi. Non poteva non sapere cos'era accaduto alla ragazza, e quindi?

"Come arrivare alla verità? A mano a mano che procediamo vedremo tutto farsi più chiaro.

"Dobbiamo esaminare a fondo la vicenda della prima fuga di Marie. Bisogna conoscere in ogni suo aspetto la storia dell'ufficiale di marina – dobbiamo capire dove sia ora e dove si trovava nel momento del delitto. Dovremo confrontare tutte le segnalazioni scritte pervenute ai giornali che accusavano una banda di delinquenti, con quelle che invece indicavano il colpevole in Mennais. Dovremo interrogare nuovamente la Deluc, i suoi ragazzi, e il conduttore di omnibus Valence, per saperne di più sull'uomo dalla pelle abbronzata. Se sapremo porre abilmente le nostre domande, i fatti che cerchiamo finiranno con l'emergere sicuramente.

"Dobbiamo rintracciare la barca rimorchiata dal finanziere e poi scomparsa senza autorizzazione prima che il cadavere fosse ritrovato. Se saremo perseveranti, e prudenti, riusciremo certo a trovarla giacché noi disponiamo tuttora del suo timone. Chi ha la coscienza a posto non lascia il timone di una barca senza poi andarselo a cercare. Mi consenta un'osservazione: la barca è stata rimorchiata dal finanziere senza che al fatto fosse fatta pubblicità. Come mai allora il proprietario è andato a ripigliarsela di nascosto? Come faceva a sapere dov'era? Poteva saperlo solo se in qualche modo avesse legami con le autorità fluviali.

"Ho accennato alla possibilità che l'omicida abbia fatto ricorso a una barca per disfarsi del cadavere. Dobbiamo dunque ammettere che Marie è stata gettata in acqua proprio da una barca. Il cadavere non poteva essere abbandonato in acqua vicino a riva. Il cadavere non era stato reso pesante affinché sprofondasse. Lo avrebbero fatto gettandolo in acqua da riva. Ma è stato gettato da una barca, in mezzo al fiume, affinché la corrente lo trascinasse via. Oppure l'omicida si è accorto di non essersi portato dietro dei pesi quando ormai era al largo. Non era più il caso, per lui, di ritornare indietro. Una volta gettato in acqua il corpo, l'omicida si sarà affrettato a tornare in città. Poi, sbarcato chissà dove, non avrà ormeggiato la barca tanta era la sua fretta. Oppure avrà preferito lasciarla andare alla deriva come per confondere ulteriormente le tracce. Sto lavorando di fantasia, sia chiaro!

"Poi, la mattina seguente il criminale scopre che la barca è stata trovata e che si trova ormeggiata in un luogo che lui frequenta abitualmente e sovente. Per motivi di lavoro. La notte seguente, senza avere trovato il coraggio di chiedere la restituzione del timone, si porta via l'imbarcazione. Ora quella barca dove si trova? Il nostro primo compito è scoprire proprio questo. Dopo che l'avremo esaminata vedremo tutto in una luce diversa. Sarà proprio la barca a condurci rapidamente a colui che l'ha utilizzata per i suoi biechi scopi. Vedrà – gli indizi confermeranno gli indizi, e arriveremo all'assassino."

[Per motivi che è superfluo specificare e che i lettori capiranno da soli, omettiamo quella parte del manoscritto in nostre mani in cui si narra in modo particolareggiato il dipanarsi degli eventi da questo momento in poi. Sia sufficiente dire che Dupin raggiunse il risultato auspicato. Il Prefetto mantenne il suo impegno con lui, sia pure con qualche riluttanza. L'articolo del signor Edgar Allan Poe si conclude così. *L'Editore.*]

Indice

TITOLI IN COLLANA

Vangeli apocrifi

Dante Alighieri
La Divina Commedia (3 voll.)

Apuleio
La favola di Eros e Psiche

Emily Brönte
Cime tempestose

Lewis Carroll
Alice nel Paese delle Meraviglie

Arthur Conan Doyle
Uno studio in rosso

Grazia Deledda
Canne al vento

Emily Dickinson
Poesie

Epicuro-Seneca
Scritti sulla felicità

Erasmo da Rotterdam
Elogio della Follia

Kahlil Gibran
Il Profeta

Johann Wolfgang Goethe
I dolori del giovane Werther
Le affinità elettive

James Joyce
Gente di Dublino

Søren Kierkegaard
Diario del seduttore

Karl Marx - Friedrich Engels
Il Manifesto
del partito comunista

Tommaso Moro
Utopia

Friedrich Nietzsche
Al di là del bene e del male
Così parlò Zarathustra

Blaise Pascal
Pensieri

Luigi Pirandello
Il fu Mattia Pascal
Uno, nessuno e centomila

Platone
Apologia, Simposio, Fedone

Edgar Allan Poe
I delitti della Rue Morgue

Arthur Rimbaud
Il battello ebbro

Sant'Agostino
Confessioni

William Shakespeare
Sonetti d'amore

Italo Svevo
La coscienza di Zeno

Rabindranath Tagore
Gitanjali

Giovanni Verga
I Malavoglia

Paul Verlaine
Poesie d'amore

Voltaire
Trattato sulla tolleranza

Oscar Wilde
De Profundis
Il fantasma di Canterville
e altre storie
Il ritratto di Dorian Gray